Um descuido cósmico

Um descuido cósmico

Liliana Blum

Tradução de
Ellen Maria Vasconcellos

MOINHOS

Edição Nathan Matos
Assistente Editorial Aline Teixeira
Revisão Tamy Ghannam e Nathan Matos
Tradução Ellen Maria Vasconcellos
Diagramação Luís Otávio Ferreira
Capa Sérgio Ricardo

Dados Internacionais de Catalogação na
Publicação (CIP) de acordo com ISBD

B658d Blum, Liliana
Um descuido cósmico / Liliana Blum ; traduzido por Ellen Maria
Vasconcellos. – São Paulo : Editora Moinhos, 2025.
184 p. ; 14cm x 21cm.
ISBN: 978-65-5681-203-8
1. Literatura mexicana. 2. Contos. I. Vasconcellos, Ellen Maria.
II. Título.
2025-5263
CDD 860.9
CDU 821.134.2(72)
Elaborado por Vagner Rodolfo da Silva - CRB-8/9410
Índice para catálogo sistemático:
1. Literatura mexicana 860.9
2. Literatura mexicana 821.134.2(72)

www.editoramoinhos.com.br
contato@editoramoinhos.com.br
Facebook.com/EditoraMoinhos
Twitter.com/EditoraMoinhos
Instagram.com/EditoraMoinhos

Para a menina Mónica Rojas, Mario de El librero de Jude, Lily Hernández, Willy Estrada de Librería Alfarabía, Majo Zulaica, Vania Monterrubio e Óscar Moreno, por sua amizade recente que iluminou meu ano com livros, carinho, apoio, risadas, ideias, cumplicidades e solidariedade. Quero-os perto de mim sempre.

Para Gabriela Salazar, Sara Uribe, Sergio Pérez, Atenea Cruz e Milena Solot, já de tantos anos. Seguimos.

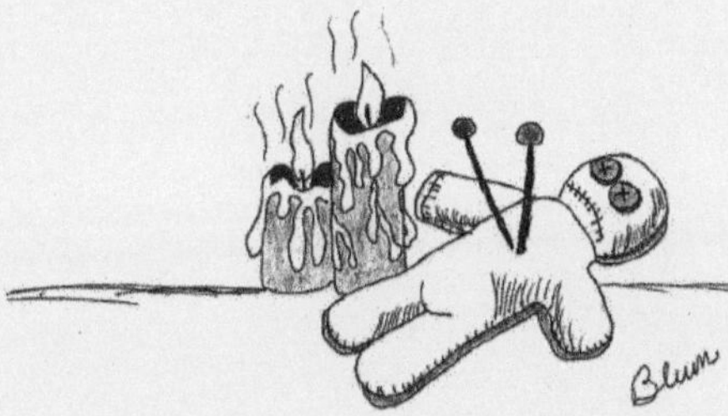
Blum

Asa à cobra

Não foi tão difícil assim criar um boneco que representasse meu marido. Eu nunca fui muito boa realmente nos artesanatos da vida, já me diziam as freiras no colégio primário, quando eu tentava bordar alguma toalha de rosto para o Dia das Mães. Dedos podres, me diziam com um quê de carinho, mas um quê de burla ao mesmo tempo. Depois descobri que cortar e costurar uns retalhos não exigia um mestrado em física nuclear. E já que eu trouxe a construção do artefato à tona, deveria dizer a meu favor que, a princípio, não o vi como uma vingança. Eu, Faina, não sou esse tipo de gente. Nunca fui assim na verdade. Mas eu fiz como uma forma de terapia, uma válvula de escape para a impotência que senti depois que Orestes me traiu. Não uma, mas várias vezes. E o pior é que ele nem sequer teve a pachorra de me confirmar ou confessar ele mesmo. Como é energúmeno neste nível, descobri depois de um trabalho como detetive amadora que qualquer mulher que suspeita seria capaz de fazer. E quando o confrontei, o covardão, sem nenhum culhão, a princípio negou, mas diante das evidências não tinha mais remédio a não ser admitir. Na sequência, já juntou uma justificativa botando a culpa em mim: que meu trabalho absorve todo meu tempo, que sempre estou cansada, que já não fazemos nada juntos. Porque é claro que a culpa dos cornos que ele botou na minha cabeça como se eu fosse uma vaca premiada era toda minha.

Idiota. Às vezes me pergunto o que foi que eu vi naquele homem. Se um dia, por um acaso, em algum momento, houve algo de que eu gostasse nele o bastante para decidir passar a vida inteira juntos, eu já não podia lembrar. Foi por Aristeu, seu irmão, que na época era o diretor da escola onde eu trabalhava, que o conheci. Aristeu foi sempre o mais bonito dos dois, também o mais inteligente, mas… já estava casado. Então, por alguma razão (esta), me vi obrigada a escolher me casar com o feio, desajeitado, mas solteiro, como se fosse o único remédio para a doença de estar sozinha. Ou como se só existissem esses dois homens no planeta.

Era realmente feio que dói, e com um cinismo que só os machos infiéis são capazes de ter. E, assim, Orestes abriu o potinho de flocos ao lado do aquário e começou a alimentar seu estúpido e monstruoso peixe japonês, Chivigón[1]. Eu queria pegar aquele peixe de testa enrugada e esmagá-lo com meu punho até que virasse um purê alaranjado saindo entre meus dedos. Suportaria com estoicismo o asco da cena só para causar algum mal ao idiota do meu marido. Mas que culpa têm os filhos dos pecados dos pais, não é mesmo? De todo modo, essa reflexão não me impediu de sentir a ira percorrer cada uma das minhas células; o calor escorrendo pela minha cabeça, passando por todo meu corpo até terminar nos meus pés; a vontade de bater no meu marido, o desejo de matá-lo, de lhe fazer muito mal no processo, pensei que não podia permitir. Não porque ele não merecesse, mas porque claramente existem desvantagens em matar o cônjuge, desde as econômicas até as possibilidades de terminar na prisão. Ainda assim, precisava sublimar esses sentimentos que me consumiam. Não há nada que desgaste mais

---

1 Chivigón é o nome de um dragão japonês companheiro de Señorita Cometa, personagens principais do mangá japonês *Señorita Cometa* que, além de ser adaptado para o anime, também virou série televisiva no final dos anos 1960 e fez muito sucesso no México. (N.T.)

um casamento do que a raiva, ou talvez um câncer ou o uso exagerado e prolongado de drogas.

Orestes lavou as mãos, abriu a geladeira e tirou de dentro dela um balde de papelão com o logotipo de uma franquia de frango frito. Com os olhos bem abertos, apontou para a caixa: sua maneira de perguntar se eu estava servida. Não consegui entender como, depois de confrontá-lo por destroçar minha vida, seu apetite não havia diminuído nem por um segundo. Ele se sentou para comer, fazendo uns rangidos grotescos que foram capazes de aumentar ainda mais o meu desejo de lhe causar muito, muito dano. Não sei como me ocorreu a ideia, mas foi possivelmente o próprio frango frito, que ele devorava como um porco, o que a desencadeou: frango cajun — Nova Orleans — magia negra — boneco de vudu — o que você merece. Sim, a associação pode ter sido essa. Quando meu marido infiel começou a limpar as mãos gordurosas em meio pacote de guardanapos, para depois arrotar e tomar uma cerveja, eu já tinha meu plano. E como sou uma mulher de atitude e periculosidade, daquelas que quando reclamam de algo não é para que as consolem, mas porque em seguida vão colocar as mãos à obra, fiz exatamente isso.

— Aonde você vai, Faina? — Escutei que perguntou mais por compromisso do que por outra coisa. Desde nosso confronto, ele tinha adotado a atitude de "aqui não aconteceu nada, mas por acaso estou me tornando um marido exemplar". Para ele, isso significava levar seu prato sujo até a pia, não contatar sua amante por um tempo, ao menos não enquanto eu estivesse em casa, colocar as garrafas de cerveja vazias na lixeira e suas cuecas, sempre sujas de freio, no cesto de roupas para lavar. Supus que, em sua primitiva cabeça, ele pensava que eu deveria estar agradecida por ações tão incomuns.

— Preciso de algumas coisas de bazar — respondi com frieza. E como eu nunca minto, fui realmente ao bazar para comprar um metro de tecido branco e enchimento de travesseiro. Já com os utensílios na minha bolsa, caminhei um bom tempo pelo centro. Depois comprei um milho assado com muita maionese, queijo e pimenta. Sentei-me num banco de praça para admirar a Catedral de Durango e para fantasiar com meu projeto de costura. Embora não soubesse se funcionaria ou não, experimentei uma emoção já há muito esquecida para mim: entusiasmo.

*

Na manhã seguinte, quando Orestes saiu para o escritório, me servi uma garrafa térmica inteira de café, coloquei meus tênis e fui até a Biblioteca Central. Com estoicismo e panturrilhas petrificando-se, consegui chegar na entrada principal. Dei meia-volta e vi a enorme escadaria que acabara de subir. Por um segundo tive a fantasia de me deixar cair, como quem se lança de cabeça em uma piscina, para rolar escada abaixo pelas centenas de degraus. Morreria instantaneamente ou no máximo ficaria paraplégica? Guardei minha garrafa térmica vazia na mochila, endireitei as costas e entrei na biblioteca cumprimentando a funcionária do balcão, que respondeu com um grunhido.

Foi uma grande decepção encontrar um lugar que não se parecia com aquela imagem de bibliotecas que eu tinha projetado a partir de filmes e séries dos Estados Unidos. Era mais parecida com um supermercado em um país comunista, eu acho, cheia de prateleiras vazias. Quando me aproximei, verifiquei que os poucos livros que restavam eram quase todos doações realizadas por todo tipo de pessoas, pelo jeito, a maioria pouco letrada, a julgar pelos títulos de receitas de cozinha saudável já fora de moda; vários de superação pessoal; política de mandatos passados; biografias de atores do cinema nacional; manuais de ervas medicinais; compilados de letras de músicas populares;

publicações de *La família Burrón* e de *Memín Pinguín*[2], e alguns *bestsellers* traduzidos nos anos 1970. Para minha surpresa, no meio disso tudo, encontrei uma velha Enciclopédia Britânica que tinha um bom verbete sobre magia negra no Caribe, África e Nova Orleans. Fui até uma escrivaninha de madeira, mutilada por anos pelos estiletes dos estudantes, abri meu caderno e comecei a tomar nota. Não sem antes colocar meus fones de ouvido para não escutar as risadas de um grupo de adolescentes na mesa ao lado e o incômodo falatório da bibliotecária com a tia da limpeza.

Quis buscar mais livros para completar o que encontrei na enciclopédia, e entrei na fila atrás de um senhor careca e obeso que revisava uma gaveta, bloqueando o resto dos fichários. Depois de um tempo, fingi limpar a garganta para fazê-lo entender que não era o único com direito a consultar as fichas bibliográficas, mas, após virar-se para trás com certa dificuldade, ele só se dedicou a me lançar um olhar fulminante e voltou ao que estava fazendo, girando os cartões com parcimônia, como se estivesse lendo uma revista ociosamente. Cruzei os braços, suspirei o mais pesado que pude, e me dediquei a bater um pé no chão sem parar como se fosse o coelho do *Bambi*. Depois de uns dez minutos, o velho finalmente se rendeu, fechou com força as gavetas abertas, fazendo tanto barulho que até a bibliotecária teve que advertir.

— Gordo cretino — disse alto o suficiente para que ele pudesse me ouvir. Li vários títulos até que encontrei a ficha de um que parecia perfeito: *Religião vudu: histórias, ritos e fenômenos*

---

2 Considerado um clássico na história mexicana, *La familia Burrón* é uma revista em quadrinhos lançada pela primeira vez em 1948 e que, sem interrupção, só teve seu último número publicado em 2009. Já Memín Pinguín é um personagem mexicano de histórias em quadrinhos com periodicidade semanal, que surgiu em 1943 e representava uma criança negra ingênua e travessa. Anos depois, causou muita polêmica pela forma como representava as questões de raça. (N.T.)

da possessão, de Nélida Agosto Citrón. Sem dúvida era meu dia de sorte, encontrar um livro assim em um acervo tão miserável como este. Fiquei com ele um bom tempo, escolhendo alguns capítulos para depois gastar uma pequena fortuna em fotocópias que a mesma bibliotecária tirou para mim.

Saí radiante e feliz, e então fiz uma pequena caminhada. Dei a volta na quadra do edifício da biblioteca até chegar à estação do pequeno teleférico que cruza do morro do Calvário até o morro dos Remédios. Durante todo o percurso, pensei em Orestes. Teria inteligência suficiente para saber que o que estava prestes a acontecer com ele era apenas uma consequência de seus atos? Nunca foi um homem brilhante. Suspirei. Teria que descobrir isso assim que colocasse o plano em prática. Um casal já maduro, de mãos dadas, me sorriu com esse sorriso estúpido que levam os apaixonados na cara no início de um relacionamento. Apostaria o que fosse que ambos estavam casados com outras pessoas. Mas respondi com um sorriso, ainda que esse não tentasse esconder sua falsidade, e me concentrei em observar os telhados dos edifícios.

Já em casa, servi o lanche para Orestes e comemos como sempre comemos, há anos, em frente à tevê, assistindo a qualquer coisa para evitar toda e qualquer conversa.

*

Algumas pessoas asseguram que sou a mulher mais pacífica do mundo. Já inclusive me tacharam de boazinha em várias ocasiões quando me descobriram fazendo alguma ação de caridade. E como nunca faço o sinal da cruz ao viajar de avião nem digo "se Deus quiser" antes de qualquer plano, assumem que não só sou ateia, mas que também sou muito racional. O fato de que fui professora de ciências em uma escola secundária até me casar também não ajuda a desmentir essa crença. As pessoas em geral, sabemos, pressupõem uma infinidade de coisas a partir das vozes de suas cabeças. Só de ver a ponta do iceberg, ou qualquer coisa fora do contexto, já é o suficiente para criar uma história que lhes agrada ou lhes convém, mesmo que ela distorça completamente a realidade. Mas a confusão do lé com cré não me transforma na versão que inventaram. Agora que o incidente com Orestes se difundiu por aí, as pessoas terão que repensar suas teorias.

Terminei o café e lavei a xícara antes de me inclinar pela janela que dá para a frente da casa. Nada. Ninguém. Tirei do armário a sacola do bazar que escondi atrás dos rolos de papel higiênico e de alguns produtos de limpeza. A forma mais fácil de fazer o boneco seria imprimindo uma foto de corpo inteiro de Orestes em algum tipo de papel plastificado, e depois costurá-lo em cima de um pedaço de tecido. Faltaria depois fazer tipo um bolso na parte de trás e recheá-lo, como uma pequena almofada. Claro que, se alguém visse o boneco, seria mais do que evidente quem ele representava. Por outro lado, um boneco mais tradicional poderia ser qualquer homem de corpo flácido, com bigode e meio calvo.

Estendi um plástico sobre a mesa da cozinha, sintonizei na estação de baladas clássicas no rádio e mão na massa. Desenhei uma figura de uns cinquenta centímetros sobre o tecido. Não queria uma miniatura de boneco, mas algo que pudesse embalar entre meus braços. Recortei, enchi de espuma e costurei usando o dedal. Em pouco tempo já tinha um boneco genérico, sem traços específicos, com potencial de ser qualquer um. Agora só faltava personalizá-lo, incuti-lo de oresticidade. Para isso, subi até o nosso quarto e procurei no armário alguma camisa do meu marido que não tivesse sido usada há um tempo. Encontrei uma de flanela, amassada entre um suéter e um casaco: "perfeita", pensei. Do fundo de uma das gavetas, tirei uma cueca de cor preta que seria muito útil para fazer as calças, os pequenos sapatos e até mesmo uma boina ridícula como a que ele usa às vezes quando sai para jogar golfe.

Depois peguei a escova de dentes dele e com ela juntei os pelos que deixou na pia do banheiro ao se barbear pela manhã. Coloquei uma folha de papel como se fosse uma pá, e voltei para a cozinha. Com um canetão preto, marquei o que seriam os olhos, o nariz e a boca. Em seguida, usei um pouco de cola branca e, com a pinça de sobrancelhas, fui colocando a barba do meu marido sobre o rosto do boneco para lhe formar um bigode. Assoprei com muito cuidado. E o contemplei por um momento, para ver se lhe faltava algo. Claro, cabelo! Voltei ao banheiro e posicionei o pente que Orestes usa contra a luz: bingo! Havia vários cabelos emaranhados lá. Cortei-os cuidadosamente para fazer pequenas versões da cabeleira e passei cola sobre o pequeno crânio nu.

Levantei o boneco para avaliar meu progresso. Estava ganhando sua forma. Com o canetão, marquei seus mamilos e um diminuto pênis no lugar onde geralmente vão essas coisas. Virei e contornei a linha das nádegas. Também desenhei uma série de molinhas negras por toda a superfície das costas: seriam os pelos de *Homus primitivus* que o cobrem. Satisfeita com o resultado, comecei a cortar o tecido da camisa para confeccionar uma réplica; também as calças a partir da cueca velha de elástico esgarçado. No último instante, decidi que não precisava de sapatos. Observei-o e ainda me parecia que faltava alguma coisa. Subi correndo as escadas com agilidade que há muito não tinha e desci o frasco de loção favorita de Orestes. Um pouco de Hugo Boss e agora, sim: era ele. "Victor Frankenstein deve ter se sentindo assim", pensei com orgulho, e lamentei não ter ninguém com quem compartilhar minhas conquistas.

Quando vi o relógio em forma de Gato Félix, meu coração deu um salto: as horas tinham passado voando. Não faltava muito para que meu marido chegasse para almoçar e eu não tinha nada pronto. O peito de frango ainda estava congelado e não dava tempo nem de fazer um arroz. Corri primeiro para recolher os retalhos de tecido para jogar no lixo e eliminar qualquer vestígio que pudesse me delatar. Escondi o boneco na parte de baixo do aparador da sala de jantar, que era da minha avó e no qual guardo a prataria, as taças de cristal e a louça para visitas. Como precaução extra, o cobri com umas toalhas de mesa bordadas que nunca usamos. "Aqui você fica quietinho", disse-lhe, como quando era criança e falava com as minhas bonecas.

Enquanto terminava de limpar e arrumar a mesa, encontrei uma solução para o problema da comida: liguei para uma pizzaria local e pedi a pizza que Orestes menos gosta: a de pera com queijo de cabra, uma grande. Minha favorita. Desfrutei deste poder que sua culpa me concedia, em seu status atual de cachorro com o rabo entre as pernas. Ele não me reprovaria por aquele gasto nem diria que pizza sem nenhum tipo de carne não é pizza de verdade. Procurei na minha prateleira secreta da despensa, onde guardo as garrafas que às vezes me acompanham nas tardes, e tirei uma de tinto. Não só me servi uma taça, como já comecei tomando um gole, que me encheu de satisfação. Depois fiquei olhando o rabo negro do gato-relógio se mover de lá pra cá como um pêndulo. O resto do ritual teria que esperar.

✷

No dia seguinte, depois de tomar o café pela manhã e me certificar de que Orestes não voltaria porque esqueceu alguma coisa, decidi agir. Tinha que invocar um espírito para que me ajudasse a dar uma lição em meu marido infiel. Acho que não é demais justificar que eu não estava naquela situação por vingança, mas por uma questão de fuga terapêutica, para canalizar minha ira, de maneira controlada. Que fique claro. A intenção pode fazer toda a diferença do mundo para a mesma ação. Saí para a areazinha da lavanderia e me ajoelhei no chão, com o boneco ao meu lado. Não queria causar um incêndio na casa nem deixar nenhum rastro do ritual: o último lugar onde meu marido poderia entrar era onde se lavava a roupa e se guardavam os utensílios de limpeza. Acendi a vela negra que me venderam na feira; tinha um cheiro estranho e desagradável, mas me obriguei a conter o enjoo que ameaçava subir pelo canal da traqueia e tentei me concentrar na pessoa que meu boneco representava. Com um giz, copiei das minhas folhas de anotações o *vevé*, uma espécie de diagrama que eu deveria traçar no chão e que funciona como um farol para os *loa*, os espíritos do vudu. Minha mão tremia, como se eu fosse uma menina de quatro anos aprendendo a escrever.

"Espero que isso funcione", pensei. O cômodo não era nenhum templo, nem eu uma sacerdotisa. Só o tempo e as reações do meu marido me comprovariam. Agarrei um punhado de farinha de milho de um saquinho de juta e, deixando a farinha escorrer entre meus dedos, tentei refazer o traço de giz do *vevé*. Percebi que estava prendendo a respiração e ficando tonta, então respirei profundamente várias vezes, sacudi a farinha da minha mão e peguei a folha onde tinha anotado a oração para Papa Legba.

> Ó, bom Legba, ouça-me: abra a porteira.
> Papa Legba, abra a porteira.
> Abra a porteira para que eu possa entrar.
> Vudu Legba, abra a porteira.
> Agradecerei aos *loa* quando regressar.
> *Ababó.*

Quase me esqueci da parte do sacrifício. Tive que me apoiar para levantar: os joelhos estalaram e os músculos da minha coxa se queixaram pelo entorpecimento. Fui até o escritório de Orestes e, com uma tigelinha, capturei Chivigón. Pensar em tocar o peixe me produzia asco e ansiedade em proporções idênticas. Só quando voltei para a lavanderia é que me dei conta de que fazer um sacrifício era uma noção muito vaga. Não implicava necessariamente uma tortura de qualquer gravidade, só oferecer uma vida em troca de algo mais. Então talvez não precisasse matar o monstruoso peixe-globo; bastaria deixá-lo morrer. Isso também resolvia o problema de explicar sua ausência quando Orestes voltasse do trabalho e notasse o aquário vazio. Se eu cortasse o peixe em pedaços, por exemplo, teria que me desfazer dos troços no vaso sanitário. Em vez disso, se Chivigón morresse de causas naturais induzidas, eu poderia devolver o seu cadáver à água e fingir demência quando meu marido me perguntasse por ele. Depois de tudo, os peixes de aquário morrem de repente, não é?

Esvaziei a água da tigela na peneira e depois aproximei o recipiente da vela preta, cuidando, claro, para que o peixe não caísse na chama e, apenas em um murmúrio, pronunciei:

— Papa Legba, entrego-te a vida desta inocente criatura chamada Chivigón.

Mal terminei de falar, o dito cujo começou a pular de um lado para o outro como uma panqueca na frigideira, arfando por ar. Fechei os olhos: não me interessava vê-lo sofrer. Depois de alguns minutos, parou de se mover. Queria testar se o feitiço funcionava ou não, mas pensei que seria melhor limpar a sujeirada e ficar de olho na hora. Guardei o Orestes de pano com os instrumentos de tortura num saco que coloquei dentro da máquina de lavar.

Como uma Cinderela que se presta, derramei um balde de água com desinfetante sobre o desenho no cimento e esfreguei com uma vassoura. Depois voltei ao escritório e deixei cair o cadáver do peixe japonês no aquário que borbulhava com sua bomba, como se nada de incomum tivesse acontecido. Na lixeira da cozinha joguei fora a vela, a tigela, o caderninho de anotações e o giz. E, por fim, fechei o saco preto e o coloquei no lixão de fora, aonde o caminhão da coleta o levaria mais tarde. O relógio de gato na parede anunciava que ele não tardaria em chegar. Eu estava exausta. Decidi me premiar com mais uma taça de vinho para acalmar a vontade de experimentar o boneco naquele mesmíssimo momento.

Às três da manhã, acordei como se tivesse colocado o despertador. Ao meu lado, Orestes roncava de uma maneira que me fez querer ser lésbica ou, no mínimo, uma mulher solteira. Se o barulho era repugnante, mais ainda era o seu aspecto físico enquanto dormia: a baba escorria pelo canto da boca aberta manchando o travesseiro e os lençóis com um cheiro fétido, com os olhos semiabertos mostrando o branco dos glóbulos... Não aguentei mais, calcei as pantufas e saí na ponta dos pés. Já no corredor, me relaxei um pouco. Ele nunca tinha tido o sono leve, não seria agora; eu estava me preocupando demais. Desci as escadas sem acender a luz, fui até a área de serviço e tirei a sacola com o boneco e os outros acessórios de dentro da máquina de lavar.

Fui até a cozinha e estendi o boneco sobre a mesa. Com os olhos fechados e pensando no traíra, voltei a entoar o canto para invocar Papa Legba. Lembrei-me dos e-mails melosos que sua amante trocava com ele, com fotos de uma escapadinha que tiveram em Mazatlán enquanto eu acreditava que ele estava na matriz da empresa onde trabalha na Cidade do México. A ira começou a percorrer o meu corpo novamente. Eu estava quente e ácida, como se revivesse a descoberta. Coloquei o boneco de bruços, peguei um alfinete com ponta vermelha e fui cravando devagarinho no que seria a parte inferior das costas. Será que funcionaria? Enrolei um pedaço de corda no pescoço do Orestes de pano, apertando com firmeza. E só para deixar barato, peguei o frasco de pimenta na prateleira e esfreguei o pó na área dos genitais. "Que bobagem", pensei. As três da manhã são uma hora perigosa: ou você ataca a geladeira ou começa a acreditar em magia negra. Guardei todas as coisas no devido esconderijo e me servi um copo de leite antes de voltar para o quarto. Tudo parecia igualzinho a como eu deixei. Mas, de repente, me senti muito cansada. Nem sequer escovei os dentes: apenas me meti na cama e deixei que o sono me vencesse.

✷

De manhã, não foram os passarinhos, nem o carro do pão ou o despertador, mas o escândalo de Orestes que me acordou. Sentado na cama com os pés apoiados no tapete e de costas para mim, ele convulsionava numa combinação de pigarro e tosse. Como esposa exemplar, desci correndo até a cozinha para buscar um copo de água. Ele tomou um gole e pareceu estar melhor. Notei a marca avermelhada ao redor do pescoço, mas não disse nada.

— Obrigado. Acho que estava com a garganta muito seca.

Levantou-se, e foi nesse momento que soltou um grito agudo. Levou as duas mãos à parte superior de seus inexistentes glúteos e reclamou de uma dor alucinante na lombar. Ajudei-o a se deitar de bruços e levantei a camiseta que ele usava para dormir. Ali, na pele, havia uns pontos vermelhos que poderiam ser qualquer coisa. Fui ao armário de remédios, busquei um creme para dor muscular e comecei a esfregar. Os gemidos de dor foram se transformando pouco a pouco em sons de prazer, como se estivesse fazendo uma massagem na praia.

— Precisa de mais alguma coisa? — perguntei limpando as mãos numa toalha umedecida. — Tenho que ir ao banheiro me arrumar.

Ele tentou girar sobre si mesmo para responder e o vi lutando contra seu peso e a gravidade como um besouro com as patas para cima. A compaixão me venceu e fui ajudá-lo. Assim que finalmente se virou, começou a tirar a cueca com desespero. Quando conseguiu, vi como em seu rosto se registrava o terror ao olhar para as suas partes vergonhosas: a pele avermelhada e coberta por erupções cutâneas realmente assustadoras. Corri de volta ao armário para buscar a pomada de arnica. Tive que esfregá-la em todas as áreas adjacentes ao apêndice enrugado que se escondia detrás do matagal preto de seus pelos. Sem que nenhum de nós dois planejássemos, seu corpo respondeu ao meu toque, como há muito não acontecia. Eu me deixei levar, talvez porque tinha passado tanto tempo desde a última vez que me pareceu algo novo. E não é que eu sentisse falta disso, mas, sim, desejava mudanças na rotina. Só que, no final, foi o mesmo de sempre: Orestes em cima de mim, ofegante, com sua barriga enorme roçando contra a minha, enquanto tentava realizar os movimentos de cópula com pouco sucesso, deixando seu suor escorrer sobre meu rosto. Nunca me deu um orgasmo antes e desta vez não foi exceção, mas pelo menos a fricção entre minhas pernas chegou a ser agradável por um momento, tanto quanto aquelas mãozinhas arranhando minhas costas. Quando terminamos, já não lhe doíam as costas, a garganta não deu mais problemas e sua pele tinha voltado ao normal.

Tomei um banho e, enquanto deixava a água quase fervendo escorrer sobre mim, cheguei à conclusão de que os efeitos do vudu eram bastante leves e fáceis de solucionar. Passei de um extremo a outro em um instante: primeiro pensei que não tinha funcionado e, depois, ao lembrar os efeitos no corpo de Orestes, fiquei assustada, porque pensei que poderia ter sido muito mais grave. Depois, me enrolei na toalha, passei meu creme anti-idade e percebi que já estava tranquila outra vez. Era uma prática segura, não era? Eu, claro, mais uma vez, como sempre, preocupada com ele.

Ao longo do dia, enquanto fazia as compras e depois faxinava a casa, percebi que meu marido não tinha feito a conexão entre os males que tivera e sua infidelidade. Já eu fiquei com a ideia de que o boneco vudu era mais uma terapia pessoal para sentir que a justiça era feita aos poucos. Que mal havia nisso? Mas depois pensei que se ele entendesse que o que lhe acontecia era um castigo, um exercício didático, poderia ser uma experiência transformadora. Nunca vingança, só aprendizado. Só que eu não atingi esse objetivo, afinal, aquele sexo inesperado acabou por tornar tudo uma espécie de prêmio para ele, quando eu tinha prometido a mim mesma que só lhe daria minha frieza e abstinência. Agora eu precisava corrigir o malfeito. Orestes era como aqueles cães de colo histéricos que não param de latir e eu, em vez de colocar uma coleira nele com choques elétricos, lhe ofereci um biscoito. Ele parecia tão satisfeito que nem sequer mencionou o fato de que Chivigón flutuava inerte no aquário. Talvez tenha pensado que tinha sido culpa dele por esquecer de alimentá-lo; à noite o aquário estava drenado, com o mergulhador deitado sobre as pedras coloridas, como um náufrago sem sorte.

Na madrugada, então, fui buscar o boneco e decidi levá-lo comigo para a cama que dividíamos. Os roncos de urso pardo de Orestes eram tão fortes quanto de costume. Deitei-me de costas para ele, peguei o alfinete de cabeça vermelha e comecei a cravá-lo no torso do boneco, como na cena do chuveiro em Psicose. Quase imediatamente, senti um movimento atrás de mim. Levantei e vi meu marido levando as mãos ao peito e ao estômago, gemendo de dor, mas sem acordar. Foi quando eu comecei a sussurrar suavemente, bem perto do seu ouvido, quase de maneira romântica:

— Isso acontece por ter enganado a Faina.

Como resposta, recebi um grunhido de porco chafurdando por trufas. Era evidente que a mensagem não estava sendo recebida, então piquei a planta do pé do vudu; Orestes contraiu-se quase simultaneamente, como se estivesse fazendo um abdominal para alcançar seu pé.

— Os homens infiéis vivem menos.

Ele se revolveu sobre os lençóis até ficar de barriga para cima como um camarão gigante. Pouco depois, sua respiração se tranquilizou outra vez, pausadamente.

— Há consequências para todos os atos que cometemos. E o que você fez com a Faina é imperdoável.

Pressionei com força minha mão contra o rosto do boneco e comecei a contar os segundos bem baixinho. Antes de chegar ao minuto, Orestes se moveu bruscamente como se estivesse em um ataque epiléptico, levando as mãos ao rosto, tentando tirar algo que não estava lá. Foi então que ele abriu os olhos de súbito e me surpreendeu a olhá-lo com uma mórbida fascinação ao comprovar os efeitos do vudu. De imediato, larguei o boneco e consegui jogá-lo num canto do chão antes de ser descoberta.

— Que diabos você fez comigo, Faina?

Eu poderia ter iniciado uma briga naquele momento. Com que direito ele me falava naquele tom tão violento, principalmente depois da grande afronta aos nossos votos matrimoniais? Mas, em vez disso, resolvi me acalmar e respondi muito à vontade:

— Eu? Nada, só estava preocupada com você. Parecia que você estava se afogando.

Ele me fulminou com um olhar carregado de rancor, mas com algo de suspeita. Sem dizer nada, se levantou e foi até o banheiro mijar. Ouvi seu jato fraco, que demorava alguns segundos para começar a sair; não precisava estar lá pra saber que ele deixava cair suas gotas nojentas e amarelas pelo assento e no pé da privada, sobre o tapetinho cor de pêssego. "Vou ter que colocar pra lavar amanhã de manhã", pensei, e empurrei o boneco para debaixo da cama. Estava me deitando novamente quando ouvi o grito de Orestes vindo do banheiro:

— Você me fez isso, sua maluca! — disse, se plantando em frente à cama, mostrando seu torso pálido com o peito peludo e caído, e o ventre inchado, todo coberto de marcas vermelhas de punção, rodeadas por um hematoma arroxeado.

"Pensa rápido, Faina: o que qualquer esposa com raiva, mas inocente de praticar vudu ao seu marido, faria? Já", pensei, levantando-me com relativa agilidade, para contornar o colchão. Acendi a lâmpada do criado-mudo e me aproximei da pele de Orestes para examiná-la, tocando-a com cuidado e fazendo uma expressão de estranheza.

— Você acha que eu fiz isso com você? Seria lindo se eu pudesse fazer um feitiço para me vingar das desonras que você me trouxe, mas Deus não dá asa à cobra — disse, fingindo estar ofendida. — Não será que temos percevejos na cama? — Levantei o lençol fazendo um gesto de nojo. — Talvez você os tenha trazido da cama do motel onde levou sua amante.

Meu marido abriu a boca para dizer algo, mas pensou melhor e se limitou a fechar os punhos e me lançar um olhar violento e inofensivo ao mesmo tempo. Bom garoto. Algo aprendeu.

— Senta que eu te passo creme de arnica — eu disse, como uma trégua, e fui buscar o frasco no armário de remédios. Quando voltei, Orestes estava sentado no colchão e, como uma criança zangada e emburrada, deixou que eu lhe passasse aquele placebo.

*

Prolonguei a tortura da madrugada durante várias semanas. Nunca fiz nada de grave ou que colocasse a vida de Orestes realmente em perigo. Quer dizer, não até o final, mas isso foi um grande erro. Deveria enfatizar que, na verdade, a magia vudu me serviu de terapia para canalizar os sentimentos sombrios que fermentaram dentro de mim depois de descobrir as traições. Embora eu deva admitir que talvez tenha se tornado, sim, um pouco de vingança, gostaria de dizer que somente do tipo passivo-agressiva, ainda que por vezes mais agressiva que passiva. E qual é o limite da satisfação? Quando sabemos que o outro já pagou o que deve da ofensa inicial?

É possível que eu tenha falhado nesse cálculo. Caberia a possibilidade de considerar que eu prolonguei o tormento por muito tempo e, como acontece às vezes com a ambição, não soube quando parar. Ou talvez tenha mesmo começado a gostar disso, ultrapassando o limite. Não sei. Mas os estragos no meu marido estavam evidentes demais, em particular para sua família e seus colegas de trabalho. E, sim, ele parecia estar sofrendo, não só pelas feridas que o vudu provocava no seu corpo, mas porque sua qualidade de vida diminuiu exponencialmente com as noites mal dormidas que eu lhe proporcionava. Não percebi a tempo, bem, ou até percebi, mas de alguma forma me alegrava ver que seu físico se assemelhava a como eu me sentia por dentro. Ele me devia essa. E ainda que no início eu não pretendesse me vingar, quem sou eu para questionar os caminhos misteriosos da vida e do acaso.

Foi na tarde em que meu cunhado Aristeu o levou para fazer uma série de exames, recomendados por um médico especializado em medicina interna que não conseguia explicar o conjunto de lesões e desconfortos que Orestes relatou durante a consulta. Eu tinha ficado em casa, alegando que não gostava de hospitais, o que era verdade. Preocupava-me que, em algum momento, um dedo fosse apontado para mim. Segundo a minha opinião, não havia nada que me ligasse ao que estava acontecendo, mas nunca se sabe. Nunca fui boa em adivinhar quem era o assassino nos romances policiais.

Para dissipar qualquer suspeita e conquistar meu cunhado — caso eu não tenha mencionado, o mais bonito dos irmãos —, preparei minha famosa torta de maçã com o sorvete de baunilha que tinha no congelador: a combinação perfeita. Seria uma boa tarde para todos. Depois disso, vou parar com o vudu, prometi a mim mesma enquanto introduzia um palito na cobertura da torta para verificar seu cozimento.

Ainda faltava um pouco. Considerei lavar a tigela da batedeira, me sentar para ler um romance de Judith Rossner, ou brincar pela última vez com o boneco até que a torta terminasse de assar. Pensei que era preferível lavar todos os pratos e potes sujos, acumulados da preparação da torta e do creme, o livro continuaria me esperando o tempo que fosse necessário. Só que em vez de seguir o plano, busquei o boneco, que teria que ser destruído, porque já era hora de parar. Mas talvez uma última vez?

Recostei-o na bancada da cozinha, ao lado do fogão. Depois de quase dois meses de uso contínuo, ele estava bastante maltratado. Já tinha feito de tudo e minha criatividade estava quase se esgotando. E se eu introduzisse o palito por onde não se deve? Não seria ir longe demais, algo doentio da minha parte? O que esse ato diria sobre mim mesma? Estava tão concentrada ponderando as diferentes implicações morais do ato que não escutei o carro do meu cunhado até que estivesse estacionado em frente à casa. Ouvi as vozes dos irmãos conversando.

Dizer que fiquei aterrorizada seria pouco. Fiquei paralisada por preciosos segundos até que já era muito tarde para sair correndo: eles já tinham entrado pela porta principal, de onde se podia ver a entrada da cozinha. Então fiz a única coisa que me ocorreu naquele instante: abri a porta do forno e joguei o boneco atrás da forma da torta, que, por sinal, já estava pronta. O aroma invadiu a cozinha e o resto da casa.

— Hmm... que cheiro bom, cunhada — disse o irmão de Orestes atrás de mim. Em que momento ele tinha se aproximado tanto? Meu plano era que sua única vista fosse a do meu traseiro enquanto me agachava para tirar a torta com as luvas postas, mas ele tinha visto algo, porque perguntou apontando para o forno:

— O que é aquilo ali?

Eu fechei a porta com o maior disfarce possível e coloquei a torta sobre uma base de cortiça para esfriar.

— Um pedaço de pano — disse, sem dar importância. — E os exames, como foram? Quando saem os resultados? — perguntei ainda de costas para ele, tratando de me recompor, endireitando-me e tirando o avental. Se havia calma na minha voz era porque eu sabia que não se tratava de nada crônico ou mortal, e tinha certeza de que os médicos chegariam na mesma conclusão de que não havia nada de errado com ele. Meu marido infiel só precisava corrigir seu comportamento, colocar o sono das noites mal dormidas em dia, e estaria novinho em folha. Talvez faltasse incluir um multivitamínico na sua dieta e emagrecer, mas nada demais.

— Parece um boneco ou algo assim — insistiu Aristeu.

Estava me virando para explicar que era só um pano que geralmente coloco depois de cozinhar para absorver os odores do forno — os homens acreditam em qualquer coisa quando se trata de cozinha —, quando o grito dos irmãos congelou meu sangue. Meu cunhado, uma representação humana do quadro de Edvard Munch, gritava vendo seu irmão arder. Orestes bradava com o grito mais aterrador pedindo ajuda enquanto as chamas o envolviam. Ou talvez dissesse alguma coisa: era difícil entendê-lo. Não sei por que, mas pensei na sarça ardente que falava com Moisés.

Não conseguimos salvá-lo. Nem com o pequeno extintor que guardava no quintal de serviço, nem jogando água com a tigela da batedeira. Não foi vingança, juro. Nunca planejei nada assim. Embora minha avó já dissesse que toda mulher merece alguns anos de viuvez, isso não deixava de ser uma tragédia tão grande que a notícia ultrapassou a fronteira do local e chegou aos telejornais do horário nobre: "Homem de Durango morre carbonizado na frente de seus familiares em aparente e inexplicável combustão espontânea".

Estou pensando em comprar uns peixes-palhaços, como os do filme do *Nemo*, para dar nova vida ao aquário vazio, que agora parece muito fúnebre.

Blum

Uma Lady Macbeth qualquer

Um cadáver. As cachorras da Marcela encontraram um cadáver. Fica subentendido um cadáver humano, caso contrário, não seria novidade. Foi pelo cheiro; não resta dúvida. Não era estranho que, com frequência, encontrassem restos escondidos de um esquilo ou gambá, ou até mesmo de um coiote, e se deleitassem em mastigar os ossos secos ou as peles ainda com pelos. Os impulsos católicos, enferrujados, mas ainda presentes, fizeram que Marcela, imediatamente, se benzesse fazendo o sinal da cruz. Olhou ao redor, assustada, e depois se acalmou: "Que tonta, como se o assassino pudesse ainda estar por perto". Como se o estado de decomposição não estivesse tão avançado. O que mais poderia fazer quem o matou? Esconder-se em uma barraca durante dias, sobrevivendo ao calor de uma fogueira, até ver quem encontrava o morto primeiro? "Besta", pensou, "besta incorrigível".

Caminhou de volta, perguntando-se se algum dia poderia esquecer o que descobriu. Parecia um pensamento descabido, afinal, quem esquece um cadáver?, mas também não se surpreenderia se isso acontecesse. De fato, o mais alarmante, mas também o mais deprimente destes últimos anos de sua vida, tinha sido notar a sua grande capacidade de esquecer. Tinha vantagens, evidentemente: não se lembrar de cada instante de seu casamento era algo que ela agradecia. Embora talvez o dia do casamento fosse a única coisa que valia a pena guardar na memória: o vestido espanhol e magnífico; as flores perfeitas; o quarteto de cordas na igreja; a ilusão de toda uma vida: os olhares de inveja das amigas, as sabidas e as encobertas. Ah, se soubessem. Se pudessem vê-la agora.

O que angustiava Marcela era perder os pequenos eventos que davam sentido à sua vida: os bons livros, os momentos da infância em que a felicidade era tangível em algo tão simples como um cachorro de pelúcia ou observar de perto o rosto da mamãe dizendo com os lábios "eu te amo" enquanto cozinhava no fogão alguma de suas comidas favoritas. Se perdesse tudo isso, o que lhe restaria? Nem mesmo um lar onde pudesse guardar lembranças em forma de tralhas. A casa que construíram juntos após se casarem no civil pertencia ao ex-marido e acabou ficando só para ele mesmo, graças ao advogado com presas de javali que ele havia contratado. Para ela só restou mudar de casa em casa, como um caranguejo-eremita que habita as conchas vazias de outras criaturas no mar. Marcela se sentia perpetuamente deslocada por não ter um lugar próprio. Aos seus quarenta e poucos anos, com a menopausa e a solidão espreitando em cada esquina, havia encontrado refúgio nessas longas caminhadas pela serra com os seus cães.

Não é que tenha sido uma decisão feita em completa liberdade, mas no final as coisas haviam se reacomodado para melhor. Ela tinha um vizinho, rabugento vinte e quatro horas do dia, que odiava cães, não só os dela, mas qualquer canino, fosse de casa ou de rua, fosse barulhento ou silencioso: o homem detestava a própria existência dos *Canis familiaris*. O tipo, um cabeça de ovo, barrigudo e com pernas de palito, não tinha vergonha em anunciar aos quatro ventos que ia eliminar qualquer cachorro que encontrasse pelo caminho. O normal teria sido chamar alguém assim de louco, mas no dia em que dezenas de cães apareceram envenenados nas ruas adjacentes às suas, tanto cães de rua quanto os que viviam dentro de suas garagens, Marcela manteve María de las Habichuelas e Fauda Bureka[3], suas duas cachorras caçadoras, bem guardadas dentro de casa, com medo de que o assassino lhes jogasse algum alimento envenenado. Completamente aterrorizada com a possibilidade de perdê-las, desistira de passear com elas, mesmo usando coleiras, pelas ruas do bairro, e começou a levá-las de carro para mais longe, primeiro para um lado, depois para o outro, até que descobriu a proximidade e os benefícios da serra.

Agora bastava subir os animais ao veículo para, em dez minutos, já estar na estrada. Depois de um tempo, com a estação de rádio sintonizada em *Oldies but Goodies*, e serpenteando atrás de caminhões carregados de troncos gigantes, chegavam neste lugar entre vilarejos, longe das barracas de tacos, mescal, chapéus e artesanatos com escorpião. Em um golpe de sorte, Marcela havia encontrado uma brecha que a conduzia a um lugar saído de um conto de fadas. O cheiro dos pinheiros, araucárias, pinhas secas no chão, a frescura do ar, a ilusão de estar longe de tudo, apesar de estar a apenas duzentos metros da estrada e seu tráfego mortal, parecia a perfeição.

Mas, agora, alguém havia arruinado *seu* paraíso pessoal. Teve vontade de esquecer o cadáver: sem ser nenhuma especialista forense, lhe parecia claro que aquele ser infeliz não tivera uma morte natural nem pacífica. Uma visão assim tende a se fixar na memória de alguém, muito mais do que os detalhes de um bom romance, por mais deleitável que seja. Marcela não conseguiu impedir que María de las Habichuelas se lambuzasse com

---

3 *Habichuelas* são feijões. A autora propõe uma brincadeira com o conto "João e o pé de feijão", que viaja para um outro reino. Na versão de Maria, ela encontraria o reino dos mortos. Já *fauda* significa "caos" em árabe. No âmbito militar, é uma palavra usada para designar os israelenses infiltrados. *Bureka* é um prato turco, também muito comum em Israel, que se parece um bolo. O nome da cadela significaria, portanto, algo como "Bolo de caos". Este é o nome de uma das cachorras da própria autora Liliana Blum: Fauda Bureka de los Dátiles (sendo *dátiles* o nome em espanhol para as tâmaras). (N.T.)

o corpo putrefato, mas pelo menos Fauda Bureka foi contida e se safou de um banho porque Marcela conseguiu puxá-la a tempo. Nervosa, como se tivesse algo a ver com aquele assassinato, apressou-se para colocar as cachorras no carro e dirigiu-se para casa, tentando não pensar nem vomitar com aquele fedor que, tinha certeza, estava aderido ao banco do carro.

Qual era o procedimento nesses casos?, perguntou-se mais tarde, já banhada e com uma xícara de chá de gengibre na mão. Não era ela quem dizia que o mundo está como está pela passividade e a indiferença da sociedade? Marcela havia visto um homem morto, de quem alguma família sentiria falta, e teria que viver para sempre com a incerteza sobre o que lhe aconteceu. Pior ainda, a morte não parecia natural, mas um caso de homicídio que poderia ficar impune se Marcela decidisse seguir com sua vida como se não tivesse visto nada. Neste país raramente se fazia justiça e isso estava fora de seu controle, porém, avisar sobre o cadáver... à meia-noite, com a insônia e a gastrite atacada, ligou para o número de emergências e contou o que havia visto naquela manhã.

No dia seguinte, Marcela tentou tomar uma rota diferente para o passeio com os cães, mas no final não conseguiu resistir e caminhou até o local. Não que ela fosse ótima na localização geográfica, mas as cadelas a guiaram até lá com facilidade. Para sua surpresa, só restava o fedor, uma mancha escura sobre a folhagem e um líquido pútrido que ficou para atestar que algo esteve ali e não estava mais. Onde o corpo foi parar? Pegou um pedaço de pau e cavoucou a viscosidade do chão. Refletiu com tristeza: um dia há algo, os resíduos de um ato de violência, que poderia ser em legítima defesa ou por pura maldade; e em vinte e quatro horas, desaparecer. Assim, como se nada, a história mais cruel fora apagada em um instante. Marcela subiu os animais no carro e dirigiu pela estrada com uma inquietação diferente da do dia anterior. De volta à cidade, mas ainda antes de voltar para casa, parou em um quiosque perto da catedral para comprar os jornais locais em busca de alguma menção. Depois, na bancada de sua cozinha e diante de uma xícara de café, folheando-os, encontrou uma nota apenas em um jornal menor, de amplo sensacionalismo: "Senhora com cães encontra morto mutilado na serra; provável acerto de contas entre traficantes de drogas". Em muitas palavras, a nota explicava que a polícia não tinha ideia do que havia acontecido e muito menos alguma pista para encontrar o responsável. Tentou não se ofender pelo apelativo de senhora, que, embora devesse ser considerado um sinal de respeito, soava mais como uma evidência de sua iminente velhice.

*

Não é que Marcela tivesse esquecido o que viu; jamais faria isso. Só não esperava encontrar outro. Quais eram as possibilidades de encontrar algo assim? Com certeza algum especialista de um instituto especializado nos Estados Unidos tinha as estatísticas para responder à sua pergunta, mas não havia dúvida de que seriam muito baixas. Contra todas as expectativas, exatamente um mês depois da primeira descoberta, Marcela se deparou com um segundo cadáver. Estava no mesmo lugar e com feridas semelhantes ao outro, até mesmo numa posição parecida, como se alguém os tivesse colocado para dormir de costas com delicadeza. A grande diferença era que o primeiro tinha sido um cara com amplo sobrepeso, e este, o corpo de uma mulher jovem que parecia também um pouco mais fresco que o outro.

Desta vez Marcela não fez o sinal da cruz, mas diretamente inspecionou os arredores. "Tonta", pensou mais tarde em casa, "o que você teria feito se topasse com ele?". Porque não lhe restava dúvida de que se tratava de um homem, e que era o mesmo em ambos os assassinatos. São os homens que matam, estupram e torturam. Quase sempre. A grande maioria das vezes. São os homens a quem se deve temer. Nesse instante, no entanto,

Marcela não teve medo de se encontrar com o assassino, mas sim de que alguém a confundisse com ele. Naquele ponto da sua vida, a última coisa de que precisava era uma acusação falsa sobre algo tão sério como dois homicídios. Decidiu então voltar, embora ainda faltasse vinte minutos para completar a hora do passeio habitual. Iam a caminho do carro quando María de las Habichuelas e Fauda Bureka pararam para cheirar compulsivamente uma árvore. Ela reparou no tronco pelado; não era uma árvore velha que estava descascando por efeito do clima e do tempo, mas uma árvore pelada pela vontade e precisão de uma faca. "Desejo de um estilo próprio", costumava dizer sua professora de literatura sobre os autores. E ali, gravado na carne tenra do pobre pinheiro, havia duas linhas verticais e paralelas. Claro, qualquer um poderia tê-las feito, embora já houvesse duas pessoas mortas... Sim, aquilo devia ser mera coincidência. Mas por que, se era só isso, Marcela sentiu um arrepio percorrer sua coluna? Por um segundo, sentiu que estava sendo observada e, ainda que estivesse longe de se considerar em boa forma, poderia jurar que voltou correndo até seu carro em um tempo digno de Olimpíadas.

Claro que não chamou a polícia para avisar do segundo cadáver. Tonta não era. Ou ao menos não tanto. Uma coisa era reportar um corpo que apareceu enquanto caminhava inocentemente com suas cachorras e algo muito diferente era encontrar mais um, assim, do nada. Nem o mais estúpido dos assassinos em série cometeria esse erro. Não era normal que justo aquilo tivesse acontecido com Marcela, claro que não. Mas os outros não veriam de outra maneira. Por isso, nos dias que se seguiram, tomou rotas distintas no início da caminhada, mas no retorno não conseguia resistir à ideia de passar pelo que acabou chamando de "o lugar", assim, entre aspas, na sua própria mente. Fez isso tantas vezes que estava certa de que poderia chegar lá de olhos fechados ou durante a noite. Os caminhos na terra estavam já bem traçados por outros pés que durante anos tinham passado por aquele trecho. Daí que não a surpreendeu que alguém mais acabasse reportando a mulher morta e que a notícia do achado saísse no jornal local no dia seguinte.

Talvez porque fosse uma mulher, foi a grande notícia da cidade: "Encontraram o corpo torturado de uma mulher no mesmo lugar onde há um mês ocorrera outro assassinato. Não há conhecimento se ambas as mortes estão relacionadas". Mais uns dias depois, uma pequena nota informava que os estudos forenses apontavam que ambos os cadáveres tinham uma diferença exata de um mês, a julgar pelo grau de decomposição. Marcela tinha o jornal aberto sobre a mesa da cozinha e, após ler a última notícia, levantou o olhar para o calendário na parede, que mostrava a foto de algumas ovelhas felpudas de lã em um prado na Nova Zelândia. Mordeu os lábios: se ela tinha encontrado o cadáver fresco da mulher no dia trinta de maio e junho estava prestes a terminar... seria possível?

*

O número três estava a quatro quilômetros dos outros dois, por uma das rotas que Marcela tinha passado a usar justamente para evitar zanzar por ali. Nesta ocasião, tratava-se de um homem jovem sem camisa; sua pele era um catálogo vivo, bem, mais precisamente um catálogo morto, de todos os erros que se podem cometer com tinta, dinheiro e pouco juízo. Não parecia completamente podre, mas já começava a cheirar. Olhou ao seu redor, como já era de costume. Por sorte, desta vez também estava sozinha. Ajoelhou-se diante do homem morto, seus dois joelhos estavam estalando dolorosamente. As cadelas já estavam cheirando: ela estendeu a mão para tocá-lo. Sentia-se apenas frio, como estaria uma lata de alumínio na sombra. A dissonância cognitiva que resultou de pousar seus dedos sobre algo que parecia um braço humano, com a pele, mas sem o rio morno de vida que flui por baixo, foi perturbadora para ela.

Marcela se levantou: agora teria que revisar o tronco da árvore. Demorou pouco mais de uma hora, mas finalmente o encontrou. Chamou-lhe a atenção um círculo de pedras no chão com os resíduos de uma fogueira, duas garrafas de vidro âmbar e uns ossos que María de las Habichuelas e Fauda Bureka começaram imediatamente a roer. Pensou no assassino. Sim, tinha que ser um homem. Imaginou-o com o corpo cansado, os músculos satisfeitos de trabalhar, porque matar alguém sem dúvida era algo que supunha um duro esforço. Pôde visualizá-lo assando carne sobre o fogo, bebendo duas cervejas e, finalmente, levantando-se para marcar o tronco com uma linha a mais. Porque sim, agora havia três linhas. E Marcela não precisava ser detetive forense de uma série estadunidense para adivinhar que em um mês haveria outro cadáver e sua respectiva marca na árvore.

Sentou-se sobre uma das pedras e roeu as unhas, como quando pensava intensamente ou estava ansiosa. As três pessoas assassinadas não se enquadravam em um perfil definitivo de vítima: sexos diferentes, idades variadas. Só coincidiam no lugar onde seus corpos foram descartados. Marcela voltou ao carro com seus cães de caça. Tirou um caderno e uma caneta do porta-luvas e escreveu:

> Não sei como você os escolhe; talvez tenham procurado por isso. Eu acho que há pessoas que não merecem viver. Sei que isso deve soar como se eu fosse um monstro, mas é assim. Tenho um vizinho, por exemplo, que envenenou muitos cães de rua e também os cães de outros vizinhos, só porque sim, só porque ele odeia latidos e fezes na rua. Como se a rua não estivesse cheia de lixo que os humanos também jogam; ou como se não fosse culpa dos donos; ou como se os pobres cães de rua pudessem recolher sua própria merda. Estou certa de que foi ele.
>
> Várias vezes nos ameaçou de matar nossos animais de estimação, e um dia ele cumpriu. Nem se atreva a imaginar: dezenas de cães agonizando no chão, o focinho espumando de dor e gemidos. Denunciei, mas no Ministério Público riram de mim e não fizeram nada, como sempre acontece

neste país, já sei. O matador de cães se chama Marco del Huerto e este é o seu endereço...

Marcela pensou em assinar com suas iniciais, mas decidiu que era uma má ideia. Só colocou então um M em letra de mão na parte inferior. Voltou ao tronco e enfiou o bilhete entre as cascas. Certificou-se de que não fosse voar, e depois afastou-se com a mesma emoção com que, quando criança, tocava as campainhas das casas e saía correndo com sua melhor amiga, morrendo de rir.

Foi difícil passar o resto do mês: todos os dias no passeio com suas cachorras, revisitava a área dos três cadáveres, sem encontrar nada fora do lugar. "Era normal", pensou, "o assassino seguia o calendário rigorosamente e talvez, uma certa intuição, vai saber." Marcela estava completamente certa de que não mataria antes do tempo. E assim os dias se arrastavam lentamente. Durante essas semanas, viu muitos filmes, leu vários livros, praticou yoga e se encontrou com várias amigas para tomar café. E fizesse o que fizesse, seus dias passavam com a parcimônia de uma lagarta. Mas como dizia seu avô José, a cada touro chega o seu dia de São Firmino[4], e não demorou muito até que o sábado ensolarado chegou.

Contra todas as expectativas, nesta manhã não encontrou nenhum cadáver durante o passeio. A alma lhe escorria pelos pés e Marcela se perguntou no que havia se transformado. Que pessoa normal espera ansiosamente por um assassinato? Era só uma brincadeira, um jogo, dizia para si mesma. Não havia prova real de que as marcas na árvore tinham sido feitas pelo mesmo assassino. Poderia muito bem se tratar de um adolescente idiota que contava o número de garotas que levava para a cama. Além disso, nem era sabido se os três homicídios eram

4 São Firmino nasceu na cidade de Pamplona na Espanha, onde é considerado o padroeiro. A festa religiosa em homenagem ao santo dura nove dias, entre 6 e 14 de julho, onde são celebradas as corridas de touros. Dezenas de touros são mortos durante a semana de festa.

obra do mesmo homem ou de vários. Acontecia ainda que a serra era um lugar muito conveniente para abandonar um corpo, em particular, para integrantes do crime organizado. E no hipotético caso de que efetivamente existisse um *serial killer*, que mantivesse suas contas em um tronco, não havia garantia de que ele fosse ler o bilhete ou que daria ouvidos à sugestão de Marcela. Voltou para casa, tomou banho e, embora nem tivesse entardecido, bebeu uma garrafa inteira de vinho em frente à televisão até cair no sono.

*

O quarto cadáver apareceu na zona desértica do estado, muito longe da serra e dos territórios muito familiares agora para Marcela. Viu a notícia na capa do jornal sensacionalista: "Encontram o excêntrico poeta Marco Antonio del Huerto na entrada do abrigo para cães Pegadas de amor. Seu corpo apresentava sinais de tortura". A distância geográfica da nova descoberta em relação às demais fez com que a polícia não desconfiasse de qualquer relação deste com os outros três assassinatos. Mas quando Marcela foi no dia seguinte até a árvore das marcas, não só a encontrou com quatro linhas verticais, mas também com uma nota escrita em caligrafia perfeita:

"Já está feito. Alguma outra complacência?"

Escondeu o bilhete entre os seios, como as senhoras que guardam a carteira no sutiã, e afastou-se da árvore o mais rápido que pôde. Terminou o passeio sem saber de onde tirou forças, e quando agarrou no volante e ligou o carro, notou que suas mãos tremiam. Não sabia se era por medo ou pela emoção. Já de volta à casa, leu novamente o bilhete e o colocou entre as páginas de *The Tommyknockers*, um livro de bolso em péssimas condições que comprou de segunda ou quinta mão num sebo. Passou o resto da tarde considerando colocar outro bilhete na árvore. Lembrou-se de Camarão, seu professor de Educação Física no colégio. Ele tinha esse apelido pela cor da sua pele: um homem branco que passava grande parte da sua vida debaixo do sol e era tão macho que dizia que protetor solar e boné eram para os fracos.

Marcela se deitou no sofá em frente à televisão e fechou os olhos. Fazia tanto tempo daqueles anos do Ensino Médio: com a saia do uniforme arregaçada na quentura e as meias enroladas nos tornozelos, como se as coxas e a panturrilha fossem capazes de mudar sua vida. E muitas vezes assim era, uma mudança, sim, muito radical inclusive, mas não a que se imagina aos catorze e quinze anos. "Que cruel que as pessoas se refiram a essa fase como a idade das ilusões", pensou, reacomodando-se no sofá porque lhe doíam as costas. Quão cego e quão poderoso era o impulso dos hormônios. Cada ano havia pelo menos uma gravidez entre suas colegas, e a garota em questão deixava de frequentar as aulas no instante em que seu estado se tornava evidente.

Embora elas, em suas fantasias, quisessem atrair um garoto bonito como os das *boy bands* que idolatravam, as pernas das meninas entrando na puberdade funcionavam como sangue na água atraindo os tubarões e, naquela escola de freiras para meninas de classe média baixa, o Camarão era o tubarão alfa só por ser o único homem da escola, a menos que se contasse também o zelador, um velho ermitão que parecia mais com o fantasma que assombrava os corredores. Durante os recreios, o Camarão também fazia a vigia das meninas e adolescentes no pátio enquanto brincavam; seu rosto expressava algo que Marcela não entendia na época, mas que mais tarde associaria à lascívia dos pedófilos; a verdadeira cara de tarado dos machos da espécie humana. Na aula de esportes, parecia obrigatório que ele roçasse nas nádegas e nos seios incipientes das meninas por acidente, ou que as tocasse de maneira aberta mesmo, tentando demonstrar uma posição de vôlei ou de atletismo. Mas como uma menina saberia que aquilo não era normal, que não era algo que todos os professores de Educação Física faziam ao tentar mostrar às alunas como as coisas eram feitas? "Ah, o final dos oitenta, que tempos", pensou e se lembrou de como as alunas mais velhas sabiam que, por temporadas, o Camarão tinha o hábito de adotar uma menina favorita a quem convidava para seu cubículo para ajudá-lo a organizar os equipamentos. O cubículo: o nome dignificado de um armazém diminuto onde se guardava a rede de vôlei, cones laranjas para as aulas de atletismo, as bolas para todas as disciplinas e onde o professor de Educação Física tinha uma escrivaninha, uma cadeira velha e umas sobras de materiais administrativos.

Marcela tinha sido uma dessas favoritas. E se lembrou do Camarão se aproximando dela, do membro pulsante e mais do que visível debaixo da calça de moletom, como um parasita de filme de terror. Estremeceu só de recordar e se levantou para caminhar pela casa, como se cada passo pudesse exorcizar o nojo e o terror dessas memórias. Nunca lhe passou pela cabeça contar a seus pais ou às freiras da escola. Sentia culpa, vergonha e se aterrorizava só de pensar na possibilidade de que ninguém acreditasse nela. Apesar de ser um segredo conhecido entre as alunas, todas o aceitavam com a resignação de vacas que cruzam o rio infestado de piranhas, sabendo que alguma seria sacrificada para o resto do rebanho passar.

Depois de um tempo, decidiu escrever o bilhete com o nome completo daquele professor de Educação Física, esclarecendo que não sabia se ele ainda estava vivo. Dizia que a história era muito longa para resumir em um pequeno pedaço de papel, que o tema dava mais para uma longa conversa de café, mas bastava ele saber que o cara gostava de tocar meninas de escola. No dia seguinte, levou um grampeador ao passeio canino e colou o bilhete na árvore. Beijou a ponta dos dedos e depois os pousou sobe o papel, como faz um judeu com a mezuzá. Terminou a caminhada com leveza nos pés e antecipação na alma.

O resto do mês lhe pareceu eterno. Como fariam para não se desesperar aquelas mulheres em tempo de guerra, que enviavam cartas de um continente a outro, e deviam esperar pacientemente por uma resposta que poderia levar semanas? Marcela dedicou-se a fazer exercícios, passear com suas cachorras e revisar todos os dias os jornais de ponta a ponta, embora soubesse, sem nenhuma sombra de dúvida, que os mortos do Homem da Árvore eram tão especiais que ela poderia distingui-los do resto dos falecimentos reportados nas notícias. Tinha certeza de que não apareceria um novo cadáver até que passasse o mês; enquanto isso, teve que ver apunhalados em crimes passionais, mortos em acidentes automobilísticos, ataques cardíacos fulminantes no meio da rua, suicídios diversos e crianças afogadas por se meterem a nadar na represa.

No mesmo dia em que se completaria o mês, um par de jovens freiras que saíram para varrer as calçadas da escola às seis da manhã se deparou com o corpo bastante maltratado de um homem que havia trabalhado como professor de Educação Física ali mesmo há trinta anos. Claro que não podiam saber disso quando o viram e se afastaram gritando com as vassouras aos céus. O que viram foi o corpo sem vida de um velho de pele avermelhada e enrugada, com a carteira intacta, com dinheiro e credencial para votar, de modo que a polícia não teve problemas para identificá-lo. A notícia de jornal fez com que Marcela deixasse cair a xícara de café e fizesse uma bagunça na cozinha. As cachorras se esconderam debaixo da cama e ainda que uma parte de Marcela esperava que isso acontecesse, outra parte duvidava e tinha até medo de que o fato se consumasse. Aquilo era sentido como fazer amizade com um gênio que realizava desejos. Mas não de qualquer tipo, só os de vingança e morte.

Este homem que fazia o papel de gênio era um assassino e, de maneira indireta, ela também havia se tornado uma assassina. Não, algo pior; agora era como aqueles políticos que mandam os soldados — não esqueçamos que os soldados são sempre filhos de alguém — para morrer na linha de frente ou, então, a carregar a morte de outros sobre suas consciências. Sísifos para a eternidade, mutilados ou traumatizados até o fim dos seus dias, se é que chegavam a sair vivos do combate, enquanto eles, os políticos e suas famílias, permaneciam seguros e alheios ao massacre que suas ideologias e ambições provocavam. Assim era Marcela, desejando a morte de alguém, mas sem sujar as mãos. Uma Lady Macbeth qualquer.

Depois disso, teve o impulso infantil — e severamente católico — de correr para confessar tudo a um padre e não voltar a passear nunca mais com suas cadelas pela serra. Mas, no final, a curiosidade ladina de consultar o tronco venceu e a casca não a decepcionou. Havia uma nota pregada com um alfinete: "Ao seu dispor, senhorita. O Camarão tinha muitas fotos em casa. Foi realmente satisfatório arrancar essa erva daninha. Nunca é tarde demais. Algum outro pedido?".

Uma ideia fulgurante atravessou o cérebro de Marcela: não havia ninguém que merecesse mais a morte do que o velho safado que governava o país a partir do palácio colonial. Tantas mortes, tantos assassinatos, tanto sofrimento humano evitável, tanta pobreza por causa dele. O cinismo de seu sorriso zombeteiro, aquela voz que lhe causava repugnância e um mal-estar físico geral. Todas as mentiras, as acusações infundadas contra seus inimigos políticos; a forma como usava a máquina do Estado e sua parafernália contra seus críticos; a militarização; seu conluio aberto com o crime organizado e a devastação da economia e instituições democráticas. Seria pedir demais para aquele bom samaritano que arrancasse a pior das ervas daninhas humanas? Essa petição era de gente grande. O objetivo não era uma simples praga de jardim, mas um trífido[5] raivoso de poder e maldade.

---

5 N.A.: *The day of the Triffids*, romance literário de 1951, escrito por John Wyndham.

Marcela pegou seu bloco de notas, mordeu a ponta da caneta e ensaiou em sua mente a melhor redação para sua proposta. Seria a última. Se a cumprisse, o mundo seria um lugar melhor para milhões de pessoas. Com letra perfeita, escreveu o nome do ditador e acrescentou no final: "Depois disso, te convido para um café, para um cinema, para a minha casa, para onde você quiser".

Ao colocar o papel sobre a casca e prendê-lo com um alfinete, notou que estava nascendo um galho tenro e verde no mesmo lugar onde costumavam deixar as mensagens. Marcela respirou o ar dos pinheiros e se sentiu rejuvenescida, audaciosa. Talvez não estivesse tão mal se esquecesse uma parte de seu passado: ainda havia tempo para forjar novas memórias.

A avó não tem quem a visite

A maldade está nos humanos, não é culpa do diabo.

O mestre e Margarida, Mikhail Bulgákov

Regina Valenzuela derramou uma lágrima como sempre fazia quando o padre Karras morria ao cair da escada íngreme, levando consigo o demônio Pazuzu, libertando a pobre menina possuída. Como é que se chamava? Igual o presidente dos Estados Unidos. Ou quase. Regan. Sim, a menina Regan. Depois desligou a televisão e deixou escapar um suspiro; já passava das duas da manhã. A sala comunitária estava vazia, exceto por Regina, a lembrança de Demian Karras e a enfermeira de plantão que, na verdade, dormia discretamente no sofá perto da janela. Levantou-se com esforço da poltrona e suas articulações estalaram no processo. Toda semana, sem falta, Regina acudia à sala comunitária, fora do horário nobre, para ver *O exorcista* em um dos canais a cabo que o repetia todos os dias à uma da manhã. Quem quer que decidisse a programação no horário da madrugada, pensava que os desvelados não buscavam a variedade e programas novos. E quanta razão aquele hipotético desconhecido tinha: há um doce conforto nas rotinas. Por isso, a cada sete dias, Regina subornava a enfermeira da noite que não via problema algum em receber um dinheiro extra para que uma idosa seguisse sua obsessão por aquele filme velho enquanto ela tirava uma merecida soneca. A única condição era que mantivesse o volume em um nível decente, e a senhora não tinha nenhum problema com isso, até porque já sabia os diálogos de cor.

Após desligar a tevê, a sala escureceu quase integralmente. O ambiente seria completamente tétrico se não fosse pela luz acima da mesa da recepção, agora vazia, porque a enfermeira de plantão roncava ao lado. Regina arrastou os pés sobre o tapete e sentiu os cabelos ralos pintados de azul-pastel eriçarem sobre seu crânio. Parou em frente à enfermeira. Como é que se chamava? Lucrécia? Lucila? Algo com L. Lupita? Sim, Lupita. Levou o dedo até a ponta do nariz da mulher e deu-lhe uma descarga elétrica: os sapatos de Regina eram magníficos para se carregarem de estática. A outra acordou com um grito horrorizado, o que também não era estranho em um trabalho como o dela. Nunca se sabia se os velhos brincavam como crianças ou se enlouqueciam de maneira perigosa, como o senhor Ernesto, o energúmeno do 123, que não se sabia se estava endiabrado ou simplesmente era a pessoa mais amargurada que ela conhecera em toda a sua vida.

— Já terminei. Boa noite — disse Regina, e sem se importar com a expressão de Lupita concentrou-se apenas em avançar pelo corredor até chegar ao seu quarto.

Uma vez dentro, entregou-se aos rituais noturnos. Lavou sua dentadura na pia, fez xixi e besuntou o rosto com creme Teatrical; o aroma que sempre lhe lembrava de sua avó. Sentiu um bloco de chumbo fazer ninho em seu estômago. Agora Regina tinha a mesma idade de sua avó, as rugas de sua avó, a artrite de sua avó, os cabelos brancos da avó: em resumo, o pacote completo da velha decrépita. A única diferença era que ela não tinha filhos ou netos que a visitassem e lhe fizessem companhia. De seu casamento com um homem rico e mais velho que ela, feio de modos e de aparência, só lhe restava uma boa herança que lhe permitia pagar por aquela casa de repouso privada, com excelente atendimento e um quarto só para ela e com um banheiro próprio, luxo dos luxos em um lugar como este.

Deitou-se na cama e cobriu-se com os lençóis e uma colcha tecida por ela mesma. Escrutou o teto em busca de aranhas e boas lembranças do passado: não encontrou nenhum dos dois, só uma pintura de cor creme e um vazio imenso. Esticou-se para apagar a luminária de cabeceira e fechou os olhos. Evocou o rosto do padre Karras, de quem se enamorou desde a primeira vez que viu o filme em 1973, quando tinha vinte anos e uma grande necessidade de pensar em algo agradável enquanto seu marido se esfregava sobre ela, sufocando-a e cobrindo-a de suor. Com o passar dos anos, aquele homem, o ator, não o marido, tornou-se seu único referente de homem atraente, corajoso, cavalheiro e sacrificado. Era o protagonista da fantasia recorrente de Regina que, ao se entregar à travessura, nunca se imaginava uma idosa ao beijar o padre Karras. Ali, na sua mente, o tempo tinha parado e ela era sempre jovem.

Naquela noite não conseguiu dormir. Virava-se na cama e pensava muitas coisas mesmo sem querer. Se não tivesse perdido aquele bebê que concebeu em algum momento de seu casamento, agora seria como os outros velhos do asilo que recebiam visitas de crianças, filhos adultos e presentes no Dia das Mães e no Natal. Daria o que fosse preciso para ter alguém que a visitasse. Amanhã seria sábado, o dia de mais afluência de familiares, e depois viria o domingo, com um pouco menos de gente, mas igualmente nefasto. Regina odiava os fins de semana, porque esfregavam na sua cara a própria solidão.

✷

No dia seguinte, Regina acordou cedo, tomou café da manhã e se preparou para evitar as famílias dos outros residentes. Pegou um livro da Agatha Christie, autora cujo nome aparecia nas capas de noventa por cento de seus livros, passou pela cozinha para encher sua garrafa térmica de café e guardou na pochete algumas bolachas embrulhadas num guardanapo. O dia estava ensolarado, mas fresco, e Regina desejou intensamente que caísse uma boa tempestade que desencorajasse os parentes visitantes e impedisse que os netos brincassem e corressem pelos jardins, mas o clima nunca está do lado dos que mais sofrem, já se sabe. "Temperança", pensou e começou a andar pelo caminho de pedras que atravessava o jardim. Passou pelos balanços, contornou a palapa e alguns bancos de ferro verde com suas respectivas mesinhas. Mais adiante estava a despensa onde se guardavam os utensílios de limpeza, ferramentas de jardinagem e outras tralhas que não tinham lugar na casa de repouso: cadeiras de rodas quebradas com potencial de reparo, malas de antigos residentes, caixas de papelão amassadas debaixo de outras bugigangas. Regina seguiu em frente esperando encontrar um lugar onde pudesse se sentar para ler como a velha solitária que era. Claro que não daria a ninguém o gosto de vê-la exatamente assim, só, com sua alma.

Em certo momento as nuvens pareceram mudar de posição e o céu escureceu subitamente. Demasiadamente rápido até para Regina, que fechou seu xale sobre os braços com uma das mãos, arrependida de ter desejado uma tempestade. Avançou devagar, lutando contra a vontade de voltar ao calor de seu quarto e à segurança de um chá quente. Não, não, é uma má ideia, tentou se convencer. Se voltasse atrás, teria que sofrer o escândalo de passar por todos os visitantes pelo corredor e nos quartos vizinhos. Parou de repente. Poderia jurar que ouviu uma voz pronunciando seu nome baixinho, um murmúrio apenas; como quando alguém sussurra no cinema ou quando dois estudantes na aula tentam passar despercebidos. "Não, não pode ser. Pura imaginação minha", pensou. Mas lá estava novamente seu nome enunciado por uma voz indefinível que prolongava as vogais: "Regiiiiinaaa". "Deve ser uma piada", disse para si mesma em voz não tão baixa. Fez o sinal da cruz automaticamente e girou em direção ao galpão. Não podia ser o jardineiro, Roque, porque os dias de visita também eram seus dias de descanso. Ninguém gostava de ver sua avó enquanto um homem suado atrapalhava no jardim com o estrondo de uma cortadora de grama.

"Não estou senil nem existem fantasmas", voltou a falar em voz alta. Continuou caminhando, mas parou novamente porque uma rajada de vento gelado bagunçou seu cabelo e fez as folhas das árvores caírem. Quase ao mesmo tempo, um cheiro de resíduos fermentados sob o sol atingiu seu delicado sentido de olfato. Regina fez uso de todas as suas forças para reprimir o desejo de vomitar. Olhou ao seu redor, procurando uma lixeira sem encontrá-la. Enquanto tentava identificar a fonte daquele fedor, o grasnar de um corvo a fez estremecer. Ouviu-o muito perto, como se o tivesse empoleirado no ombro, mas também não conseguiu vê-lo.

"Regiiiiinaaa." Apertou os músculos da pelve; apesar de se gabar de ser uma das poucas mulheres do asilo que não sofria de incontinência, ouvir seu nome, pronunciado daquela maneira, lhe provocou calafrios e ela esteve prestes a se mijar. Sem dúvida, era uma péssima piada que já havia cruzado todos os limites da decência, repetiu-se. Por isso, não podia levá-la a sério. E embora quisesse afastar-se daquele lugar, como o instinto e o bom-senso lhe indicavam — sabe Deus o que fosse, outra coisa que não conseguiu definir —, algo intangível a levou até o galpão. Observou longamente aquela porta de madeira inchada pela umidade. A pintura estava prestes a descascar. A mão direita tremeu mais do que o normal quando tocou a maçaneta; a porta, por sua vez, rangeu quando Regina empurrou devagar.

— Olá? — disse, sentindo-se tão estúpida quanto os adolescentes nos filmes de terror. Ninguém respondeu. Puxou a correntinha que pendia do teto e acendeu a luz esperando ver uma criança. Essa era sua única esperança, um moleque brincalhão. Porém, tudo indicava que ela era mesmo o único ser vivo lá dentro. Bem, o único mamífero, porque, afinal de contas, também estavam as aranhas.

O lugar cheirava à poeira e à umidade; suas alergias confirmaram isso com uma sequência de seis espirros. "Não sei que diabos estou fazendo aqui", pensou, virando-se para sair quando viu um armário com a porta entreaberta. Um cadeado balançava pendurado em uma das argolas, como um homenzinho que se agarra com um único braço à beira do penhasco.

Uma porta aberta, que deveria estar fechada, é sempre uma tentação. Regina procurou com o olhar um lugar para colocar seus livros e a garrafa de café que ainda carregava. Com as mãos livres, aproximou-se do armário. Primeiro assoou o nariz com um lenço que costumava levar sempre na manga da blusa, e depois espiou o interior. Continha a respiração, como esperando que algo pulasse de dentro para fora, mas não foi assaltada por nada além de um silêncio total. Após alguns segundos, a ausência de som foi quebrada por algumas gralhas do lado de fora e pelo barulho do vento que movia as copas das árvores. Revisou as prateleiras e encontrou várias caixas de jogos de tabuleiro: Ludo, xadrez, Uno, *Scrabble,* Banco Imobiliário e vários outros que seus olhos percorreram sem muito interesse até que se deparou com uma caixa de madeira de pinho sem nenhuma marca.

Puxou-a com cuidado para não lascar, mas não foi necessário: a madeira era lisa e leve como as caixas de charuto que tanto apraziam seu falecido marido. Levantou a tampa e um cheiro de mofo penetrou em cheio seu nariz. Ainda que não fosse cheiro de morto, que esse Regina conhecia bem, ela imediatamente pensou em cadáveres e franziu o nariz. Diante dela estava um tabuleiro de madeira com letras e números cuidadosamente esculpidos e um objeto triangular com um visor de cristal no meio, como um olho de Ciclope.

— Uma Ouija como a que Regan usou para convocar o Capitão Howdy — disse mais com os lábios do que com a voz.

Depois fechou a caixa com cuidado, colocou seu livro em cima dela, pegou a garrafa térmica de café e saiu do galpão.

Embora lá fora o dia continuasse nublado, isso não impediu que as visitas estivessem no seu momento auge, invadindo a casa de repouso: ouviam-se música, gritos das crianças e aquele murmurinho de pessoas conversando ao longe, tão parecido com o som que as conchas do mar oferecem a quem as coloca no ouvido. Regina encontrou o ponto mais afastado possível daqueles seres humanos e se sentou num banco coberto de fezes secas de pássaros. A Regina em um dia normal jamais teria apoiado seu traseiro num lugar assim, mas a caixa com a Ouija queimava suas mãos. Colocou-a no outro extremo do banco, abriu o livro e deu um gole no café morno. Seus olhos percorreram as linhas de palavras, mas sua cabeça não conseguiu processar nem uma sequer.

Olhou de relance a caixa ao lado dela. Se por acaso jogasse Ouija, a quem contataria? Um espírito específico ou o primeiro fantasma que estivesse vagando por ali, sem ter muito o que fazer? Imaginou que a casa de repouso teria espíritos que até pouco tempo atrás caminhavam em seus corredores com andadores e fraldas como bebês gigantes e que agora eram almas penadas.

— Não, não, é uma bobagem — disse alisando sua saia sobre os joelhos enquanto endireitava as costas. — É um jogo de adolescentes idiotas nos filmes de terror.

Seu café já estava completamente frio. Regina abriu a tampa da garrafinha térmica e o despejou sobre a grama. Nada mais ofensivo e indigno do que um café que esfriou. Não entendia como havia quem pagasse para tomar café com gelo. E quais eram as regras para jogar Ouija? Porque certamente havia regras. Fechou os olhos e inclinou a cabeça para trás, apertando os lábios como se nessa posição o cérebro pudesse funcionar melhor, algo assim como dar pontapés na geladeira de refrigerantes e doces que fica na sala comunitária. Quais eram as regras? Tinha que se lembrar disso. De repente, a sensação de algo peludo deslizou entre suas pernas e Regina deu um grito.

— Maurício! Quase me mata de susto! — disse ao gato laranja que já miava com aquele jeito acusador e culpado que os felinos têm. — Fica quieto, gato, que vai me dar uma enxaqueca.

O gato levou a ordem como um desafio e aumentou o volume de seus miados. Ela tentou espantá-lo sem sucesso. Depois de um tempo, cansada de não conseguir ler nem tomar café, nem lembrar as regras para jogar Ouija, Regina pegou suas coisas, incluindo a caixa, e se encaminhou de volta ao interior do edifício. "Que maneira de estragar meu dia", pensou. "Malditos sejam todos." Maurício decidiu segui-la. No caminho, Regina cruzou com várias pessoas que a cumprimentaram, algumas com sinceridade e outras por educação. Escolheu o papel de velha surda e passou sem responder, com o gato grudado na barra da saia como um bicho de pelúcia. Em algum momento, o neto sádico de algum residente levou o animal com ele, e ela pôde finalmente se trancar em seu quarto.

Entrou e imediatamente encostou as costas na porta fechada e se concentrou em respirar profundamente para se acalmar. Lá dentro o ambiente cheirava à vela que ela acendia diariamente à Nossa Senhora, ao perfume de laranja Sanborns e aos cigarros de cravo que às vezes fumava escondida. Regina, no entanto, já não podia perceber os cheiros de sua própria vida. Sentou-se em frente ao espelho, olhou-se por um segundo e agradeceu a Deus por não ter que compartilhar seu espaço com mais ninguém. Não gostou do que viu refletido, como sempre. O passar dos anos, a decadência da carne, a solidão e a finitude não do tempo em geral, mas do seu em particular.

Deitou-se com a intenção de tirar uma soneca, mas assim que fechou os olhos, sua mente se direcionou para a Ouija. Ela via a si mesma colocando o tabuleiro sobre a mesa de cabeceira pronta para jogar. Não. Levantou-se da cama e pegou seu livro de santos. Ao terminar de ler a história de Maria Goretti, assassinada a facadas por seu agressor sexual, Regina estremeceu um pouco. Não, os tempos passados não tinham sido melhores; simplesmente havia menos humanos zanzando pelo planeta e talvez por estatística fosse menos provável encontrar um monstro, mas os monstros já estavam lá, eles sempre estiveram ali.

Em algum momento ela deve ter adormecido, porque quando abriu os olhos já estava escuro e não se ouvia mais o zum zum zum dos visitantes. A luminária da sua mesa de cabeceira estava acesa e ali também repousava uma bandeja com um lanche. Tudo frio. Não importava: tinha pulado a hora do almoço e agora seu estômago roncava. A fome realmente não faz cerimônia: comeu apressada. O lanche frio tinha gosto de glória.

Imediatamente saiu para o corredor carregando a bandeja com os pratos sujos para levá-los para a cozinha. Tinha pavor de que as baratas viessem ao seu quarto e passassem a noite ali dentro. Ao atravessar a sala de televisão, Lupita, a do turno da noite, a cumprimentou:

— Dona Regina, não quer ver *O Exorcista* comigo? Acabou de começar.

Não fazia nem vinte e quatro horas que tinha assistido, e geralmente se limitava a essas noitadas uma vez por semana, mas tinha sido um dia tão estranho, por que resistir a olhar o padre Karras mais uma vez? Regina deixou a bandeja sobre a mesinha de centro e se sentou. Na televisão, Chris MacNeil, a mãe de Regan, acaba de encontrar a Ouija no porão da casa e pergunta à filha de onde ela a tirou. Depois tenta jogar e quando o ponteiro salta de suas mãos, a filha diz que o Capitão Howdy não quer jogar com sua mãe. A bela atriz descobre naquele momento que sua filha, Regan, e Howdy já jogaram várias vezes.

— Aí começou o problema, exatamente aí — disse a enfermeira da noite, levantando-se e tocando a tela enfaticamente. — A mãe da menina não seguiu as três regras para jogar Ouija.

Regina tentou se acomodar no sofá buscando uma posição que a satisfizesse. Sentiu um frio percorrendo sua espinha.

Nunca gostou de coincidências tão *ad hoc*, mas não podia deixar de perguntar:

— E quais são essas regras?

Lupita se sentou outra vez e tirou do bolso do seu jaleco uma barra de chocolate. Não ofereceu à Regina, porque a maioria dos residentes é diabética e hipertensa; além disso, estava com muita fome para compartilhar, seu turno mal tinha começado e o açúcar a ajudava a ficar acordada.

— Não jogar sozinho é a primeira. A menina foi a primeira coisa que fez — disse mordendo o chocolate. — Também não se pode jogar em cemitérios, essa é a segunda regra. Eu acho que porque tem muitos espíritos juntos circulando por lá. E por último nunca se deve partir sem encerrar uma sessão conforme o protocolo.

Regina reprimiu um gesto de nojo: não suportava ver pessoas mastigando ou falando com a boca cheia, e a enfermeira fazia tudo isso ao mesmo tempo.

— E como é que se encerra uma sessão? — perguntou pensando em como se encerra uma sessão da caixa de e-mails que lhe parecia tão complexo que ainda não tinha entendido também.

— Para terminar uma sessão, é preciso se despedir do espírito para que retorne ao seu mundo e assim o portal permaneça fechado — disse Lupita com essa segurança que só a ignorância pode dar.

Mas soava como algo realmente importante. "Tenho que anotar antes que eu me esqueça", pensou Regina, e se levantou para ir ao seu quarto atrás de caneta e papel.

— Não vai terminar de ver o filme hoje, dona Regis? Está se sentindo mal?

A senhora suspirou e se deteve por uns segundos: detestava que lhe chamassem de Regis. Não disse nada, não por civilidade, mas por incômodo:

— Estou cansada, minha filha — disse e começou a arrastar pantufas pelo corredor, enquanto repetia em sua cabeça as três regras na sequência e constantemente para não esquecer.

É claro que, ao abrir a porta, já tinha esquecido todas. Não só porque o tempo do esquecimento estava mais rápido que o da flecha a atingir o alvo, falhando com frequência, mas porque ao entrar em seu quarto, se deu conta de que o tabuleiro de Ouija estava sobre a mesinha de cabeceira, como num sonho, disposto para começar a ser jogado. Se alguma vez Regina teve ânimo beligerante, hoje em dia essas forças já se esvaíam, e agora fazia as coisas sem pensar muito, mais ou menos no ato da ideia. Então a Ouija estava pronta para jogar? Pois, joguemos. Não tinha trazido a caixa do armazém de tralhas para este motivo? Vamos fazer, então. E a quem contatar? O óbvio seria que ela contatasse seu marido falecido, Rodolfo, mas apelando à honestidade, teria que admitir que sua morte fora um alívio e que, na verdade, não sentia nem um pouco a falta dele. Deveria então contatar o espírito de sua mãe? Claro que a amava muito, mas tinha tantos anos morta que sua ausência já era fixa e assumida. Pareceu-lhe que existiam falecidos a quem era preciso deixar descansar em paz, e sua mãe era um desses. Para que incomodá-la a esta altura, quando ela mesma não tardaria em se juntar a ela no céu?

Caminhou dando voltas pelo seu quarto, considerando as possibilidades. E se convocasse William Blatty, o autor de *O exorcista*, que havia morrido em 2017? Ou ainda melhor, Jason Miller, o ator que deu vida ao padre Karras e que morreu em 2001? Ambas as mortes também eram recentes e os dois homens, cativantes à sua maneira, importantes também na vida de Regina, a julgar pela obsessão que ela tinha com esse filme. Ótima ideia. De qualquer maneira, não tinha sono e estava certa de que não conseguiria conciliar-se com o sono pelas próximas horas. Até porque, a partir do momento em que sua cabeça começou a ruminar o tema, seria impossível para ela dormir. Então em vez de ficar acordada perdendo tempo de maneira horizontal, decidiu jogar um pouco.

Sentou-se em frente ao espelho, com as costas retas, solene e concentrada como se fosse se maquiar para o evento social mais importante de sua vida. Pegou o triângulo de madeira entre as duas mãos e o aproximou do rosto, como se fosse um telefone. Regina levantou-o e virou-o, procurando o lugar para as pilhas. Este mundo moderno e suas tecnologias mais sofisticadas.

— Olá, tem alguém aí? — perguntou sem ter muita ideia do que estava fazendo. — Convoco o espírito de Jason Miller, o bonitão. — Colocou a flecha sobre o tabuleiro, e estava prestes a dizer "que tolice" quando o pedaço de madeira começou a se mover rapidamente sobre as letras.

Aquele movimento virou seu mundo de cabeça para baixo. Funcionou? Seu espanto a impediu de registrar a mensagem que a Ouija lhe dava.

— Espera, espera. Você está indo muito rápido e eu não consigo enxergar direito. Onde estão meus óculos? — disse levantando-se para procurá-los. O pequeno objeto parou abruptamente. Os óculos de Regina pendiam de uma correntinha ao redor de seu pescoço. Quando se deu conta, os ajustou sobre o nariz e voltou ao jogo. — Pronto, você pode repetir tudo para mim, por favor? E mais devagar, se não for muito incômodo. Desde o princípio.

Aquela espécie de coração esculpido pareceu hesitar por alguns segundos antes de se mover lentamente. Regina a observou apenas um instante antes de se levantar outra vez tão rápido quanto seus joelhos lhe permitiram.

— Espera, preciso de papel e caneta, porque não consigo reter tantas palavras na cabeça.

O ponteiro parou mais uma vez, mas agora com um toque de aborrecimento que não passou despercebido para ela. Era algo no ar, indefinível, mas que se palpava de maneira muito clara.

— Seja paciente... Ou só os jovens é que podem jogar Ouija? Quanto preconceito.

Mergulhou as pontas dos dedos na saliva e passou lentamente pelas páginas usadas de um caderno espiral onde anotava suas despesas; quando encontrou uma folha em branco, pressionou para baixar a ponta esferográfica da caneta e endireitou as costas, como se estivesse de volta à escola primária religiosa e a freira a tivesse repreendido pela má postura.

— Pronto! Pode me ditar sua mensagem. Quem é você? — O ponteiro permaneceu impávido sobre o tabuleiro. Regina começou a bater o pé no chão com a pantufa. — Eu disse que já estou pronta.

Nada, exceto os roncos do senhor Maximiliano no quarto ao lado e o som abafado de alguma televisão ao longe. Consultou seu relógio de pulso com o gesto universal da impaciência e pigarreou algumas vezes. Suprimiu um bocejo e, lutando contra sua pouca flexibilidade, conseguiu desabotoar o sutiã, disposta a se deitar.

— Já estragou essa geringonça — disse para si mesma. — Além disso, já não são horas para estar acordada.

Foi escovar os dentes e passar o creme noturno; decidiu não rezar a oração noturna, porque estava muito cansada. O sono a dominava como se ela fosse uma criança que brincou o dia todo sem descanso, como se não conhecesse o que é a insônia. Estava há pouco tempo inconsciente e relaxada quando alguém tocou em sua porta com suavidade. Teve dificuldades de abrir os olhos. Acendeu a luminária na mesinha e olhou para o relógio: eram três da manhã em ponto. Sentia-se exausta e não tinha ânimo para se levantar e abrir. Voltou a dormir esperando que quem quer que fosse desistisse e seguisse seu caminho. Contudo, a batida da porta voltou a soar, e desta vez com um pouco de violência. Levantou-se. Percebeu um cheiro desagradável, como de podre, que se infiltrou por debaixo da porta;

era nefasto, mas leve e tolerável porque as alergias de inverno entupiam invariavelmente seu nariz todos os anos.

Abriu pensando encontrar alguma enfermeira ou um dos outros residentes com Alzheimer, que frequentemente se perdiam dentro do próprio asilo. Esperava encontrar qualquer pessoa menos a que estava agora diante dela: o padre Damian Karras ou, mais precisamente, o ator Jason Miller, porque não estava de batina, mas vestido de civil: roupas dos anos setenta, para ser mais exata; calças de brim boca-de-sino, suéter escuro de gola alta e o cabelo com o corte inesquecível da década. Parecia ter a mesma idade que no filme favorito de Regina. Aquilo devia ser um sonho ou uma fantasia das que teve durante tantos anos enquanto dormia junto ao seu marido.

— Santos e bons dias, porque já são dias. Posso entrar?

O rosto de Regina ficou vermelho como o de uma colegial: o homem que ela mais gostava, seu amor platônico ao longo de sua vida adulta todinha, estava pedindo para entrar em seu quarto e ela estava vestida com um camisão puído e transparente, com o rosto coberto de creme. "Que a Terra me trague agora, por favor", pensou.

— Você está linda assim como está — disse ele interrompendo seus pensamentos. — Posso entrar?

Ela finalmente saiu de seu transe e abriu espaço:

— Claro, claro, lógico. Jason? Posso te chamar de Jason? Ou melhor, Damien?

Ele avançou e percorreu o quarto inteiro, satisfeito, com as mãos entrelaçadas nas costas e com um gesto de aprovação no rosto. Nem Regina nem ele fecharam a porta, e foi nesse momento que ela percebeu que, na verdade, ela nunca esteve aberta. "Não pode ser", pensou. Ela se lembrava de ter caminhado até a porta para abri-la. E agora estava fechada. Mas eu jurava...

— Pode me chamar como você preferir — disse e voltou a assustá-la com sua voz grave e profunda. Regina engoliu em seco e fez um grande esforço para não gaguejar.

— Como você não está vestido de sacerdote, então é o ator, não o personagem.

O homem examinava a vela acesa para Nossa Senhora com um sorriso pícaro. Depois, pegou o livro de vidas dos santos e folheou algumas páginas entre seus dedos, como se fossem um leque.

— Se preferir que eu seja o padre, posso ser o padre.

No instante em que pronunciou estas palavras, já estava igualzinho ao seu personagem do filme *O Exorcista*. Não lhe restava dúvida de que estava sonhando. Talvez tivesse adormecido no sofá da sala comunitária junto à enfermeira sem perceber.

— Não é um sonho — disse Karras caminhando sobre o tapete, sem fazer o menor ruído. Ele parou em frente a um crucifixo na parede e fez uma careta. — Isso já passou de moda, Regina.

Ela não sabia o que fazer com suas mãos. Na verdade, não sabia o que fazer com toda a situação. Foi sentar-se na beira da cama e colocou as mãos debaixo das coxas para mantê-las quietas. O padre sentou-se ao seu lado. Seu cheiro era algo indescritível, algo que não era deste mundo. Havia fantasiado com ele ao longo de tantos anos, e sempre pensou que cheiraria a loção Old Spice com um toque de incenso, como os templos católicos. Teve medo de olhá-lo de frente; ele era tão bonito em um estilo teórico, pois nenhum de seus namorados nem seu marido pertenciam a essa categoria de beleza masculina. Ela olhava para ele com uma espécie de pudor ou medo, que a impedia de fazer contato visual diretamente, olho no olho.

— Não sou o gênio da lâmpada, mas já que você me chamou, vamos, me pede alguma coisa.

Regina não saberia dizer se aquilo foi um truque de sua própria imaginação ou se, de fato, um aroma de incenso e Old Spice invadiu o quarto. O cheiro era contundente, real. Depois, viu como o padre Karras tirou um cigarro e o acendeu. Aos cheiros anteriores juntou-se também o do seu pai, a primeira relação com o tabaco que ela teve na vida. Aquele aroma fez com que ela relaxasse e até sorrisse. Não compreendia o que estava acontecendo e talvez não importasse.

— Não sei o que pedir, mas tenho muitas dúvidas. Os espíritos estão pairando em nosso mundo? Há espíritos aqui conosco? Como é possível que pensei em você e você apareceu, assim do nada?

O padre Karras então se levantou e caminhou até a janela. No vidro escuro, era possível perfeitamente distinguir pelo reflexo a largura de suas costas e seus ombros, que se desvaneciam naquele declive delicioso em direção a uma cintura breve. Regina não pôde evitar olhar para o traseiro sugerido debaixo do tecido negro. Se obrigou a levantar o olhar para se concentrar naquela cabeça firme, com o cabelo negro e seu corte setentista.

— Não foi do nada nem tão fácil como pensa. Você precisa estar ciente de que o tempo no meu mundo não é nada compatível com o seu.

Ela arrumou o cabelo e espiou o espelho disfarçadamente: como estava? Era tão velha quanto vaidosa. O padre voltara a se sentar ao lado de Regina, muito perto dessa vez, seu braço roçando o dela, a perna firme e musculosa pressionando sua coxa flácida e magra.

— Você pode me perguntar qualquer coisa ou me pedir um desejo. Claro, dentro das minhas possibilidades — disse colocando a mão sobre o joelho ossudo da mulher. — Não posso te dar vida eterna, não posso ressuscitar mortos, não posso te levar de volta ao passado e também não posso te dizer algo muito específico sobre o futuro. E você só tem direito a uma pergunta. Então se eu fosse você, pensaria bem se prefere saciar uma curiosidade geral ou melhor obter uma resposta concreta.

Ela não gostou daquela atitude, mas quem recusaria um presente assim? Resolveu sair de onde estava para se afastar dele apenas alguns centímetros: aquela proximidade queimava sua pele. Além disso, poderia jurar que agora percebia um cheiro de pelos queimados, como naquela vez em que, tentando acender o velho aquecedor de água de sua casa, o fogo havia chamuscado seu rosto. Estremeceu ao lembrar daquele vapor de fogo seguido de uma ardência profunda. Infernal.

— Há muitas coisas que você não pode fazer — disse ela segurando o orgulho para ver se ele soltava mais alguma informação. Quando era mais jovem (e mais bonita), essa técnica era infalível, ao menos na maioria das vezes.

O padre Demian Karras a agarrou pelos ombros, fez com que ela se levantasse e a encaminhou para o espelho da penteadeira: ali estava uma Regina de vinte e oito anos, em sua melhor época, com um penteado da moda e um corpo espetacular. Ela abriu a boca e não soube o que dizer. Estava tonta e certa de que tudo era mesmo um sonho. Não poderia ser de outra maneira.

— Os gênios das lâmpadas concedem três desejos e ninguém os critica. Eu vou ampliar minha oferta, só por hoje: responderei a uma pergunta e te concederei um desejo. Ponto. Não gosto de quem pechincha. Uma artimanha a mais e você fica sem nada.

Algo dentro de Regina se remexeu de maneira dolorosa, como se experienciasse o desabamento de uma caverna e as pedras a machucassem. Pensou que teria que perguntar-lhe primeiro quem ele era para conceder desejos e, depois, o que ele esperava e pedia em troca. Nada é grátis nesta vida, pôde ouvir a voz de sua mãe dentro de sua cabeça. Sentiu frio como se estivesse ao relento e esfregou os braços. Não conseguiu se obrigar a fazer aquelas duas perguntas; não tanto por vergonha, mas pelo medo de ouvir as respostas que talvez no fundo já conhecesse. Além disso, ele disse que só ia responder uma. Qual era a pergunta-chave?

— Está bem — ela disse finalmente. — Minha pergunta é se eu vou morrer em breve.

Soltou aquela frase com alívio. Aquela era a preocupação diária de todos os residentes naquele edifício de idosos. Mas no instante em que soltou a frase, percebeu que tinha feito da pior maneira. Em breve era um termo relativo e que não queria dizer nada.

Já Karras soltou um bufo carregado de desespero.

— Não é que eu não saiba a resposta, mas no caso da própria morte é melhor preservar o fator-surpresa, confia no que eu digo — mencionou aproximando-se dela e apertando suavemente o seu braço como se fosse um amigo. — Assim você tem mais liberdade para tomar suas decisões sem a pressão de um dia específico na agenda. Viver como se fôssemos eternos é a minha política e o melhor conselho que posso te dar. *Carpe diem*, você sabe.

Ela permaneceu em silêncio. O que mais poderia perguntar? Talvez investigar o passado. Seu marido tinha sido infiel alguma vez? Embora não tivesse falado em voz alta, Karras disse-lhe:

— Muitas vezes. Tantas que você nem imagina. Em uma época, vários dias por semana e inclusive no horário do expediente — falou enquanto caminhava ao redor da cama. — Agora me diga: serviu para alguma coisa essa informação? Você sempre suspeitou, só queria uma confirmação do seu papel de vítima numa época em que sequer teve coragem de falar sobre isso com seu maridinho infiel. Você jogou fora a oportunidade pela qual muitos teriam dado a alma.

Ela começou a chorar como se tivesse cinco anos, cobrindo o rosto com as mãos e curvando-se sobre a beira da cama. Parecia mais velha do que nunca; se pudesse ver-se do ângulo de um terceiro, teria chorado ainda mais.

— Ok, vou te dar um prêmio de consolação — disse ele e estalou os dedos; instantaneamente, um miado dentro do quarto interrompeu o choro de Regina. — Ele se chama Hermes. Parece um gato de rua, mas não é. Trata-se de um desses felinos que percebem a morte e sobem nos pés do próximo da lista. Não é nada mágico, é algo que todos os gatos podem fazer se quiserem. — Karras se agachou para pegar o gatinho entre os braços. Pegou-o pelas axilas peludas e o levantou tanto que a criatura quase tocou a lâmpada do quarto. — Hermes se compromete, aqui diante de mim, que sou mais confiável do que um notário, a avisar, sem falta, quem será o próximo residente que vai bater as botas e receber flores no cemitério.

Ao contrário de Maurício, rechonchudo, lustroso, alaranjado e listrado, Hermes era dono de um pelo negro e maltratado como um tradicional gato de bruxa. Agora Karras estava de volta junto à janela, deixando o gato sobre o aparador. Regina não viu como ele foi parar ali. E daí, com as duas mãos na cintura, continuou falando:

— Não posso te dar a data exata, mas estou te dando uma excelente ferramenta de previsão. Você só tem que alimentá-lo com atum e lhe dar uma bola de lã, ou o que quer que os gatos gostem hoje em dia.

Ela tentou acariciá-lo, mas o gato escapuliu pela porta entreaberta. A última vez que havia olhado na direção da porta, ela estava fechada. Melhor que não se deixasse tocar, pensou. Vai que esse ato favorecia o convite da morte que andava por aí buscando carícias. O sacerdote pigarreou:

— Eu não tenho a madrugada toda. Você tem algum desejo que deseja realizar, sim ou não?

Regina engoliu novamente em seco. Depois de tantos anos de existir, não sabia o que desejava? Isso tinha que ser um sinal de estupidez, mais do que de sabedoria. Um vazio a preencheu por dentro e ela estremeceu: uma sensação de estar velha e muito sozinha.

— O de Dorian Gray nunca dá certo, já vou avisando — disse o sacerdote passando os dedos entre seu cabelo negro como ébano e brilhoso. Ela percebeu que estava com a boca aberta. Cada vez que ele podia ler seus pensamentos, algo parecido com o medo a invadia. Sim, mas não completamente: era um medo diferente, mais gelado e distante do que ela até então conhecera. De repente, já não o quis ali. Decidiu falar qualquer coisa para que ele fosse embora logo. E assim que fosse embora, jogaria a Ouija fora também, para se esquecer de tudo.

— Não quero estar sozinha. Tenho inveja de quem tem família, filhos e netos que os visitam toda semana.

E imediatamente o padre Karras estendeu sua mão. Ela respondeu estendendo a sua, que tremia ligeiramente. Não soube se eram os primeiros sinais de Parkinson ou o medo.

— Temos um acordo. Não é necessária nenhuma assinatura. Com este aperto de mão basta — disse ele, virando-se. Regina viu um papel sobre a penteadeira. E podia jurar por qualquer coisa que há uns segundos ele não estava lá. E agora também não estava o padre Karras. Se escafedeu? Estava invisível? Sabe-se lá que diabo aconteceu, mas o importante era que ele tinha ido embora.

Respirou aliviada; o ambiente do quarto se sentia mais leve. Enquanto ia ao banheiro, pensou que quando saísse revisaria com cuidado aquele pedaço de papel, mas ao sair o cansaço a venceu. Não percebeu em que momento ou como se meteu na cama, mas amanheceu coberta pelos lençóis até a cabeça, como quando era criança e tinha medo de que houvesse um monstro no armário ou debaixo da cama. Uma sensação desagradável se apoderou de seu corpo e por isso ela se levantou o mais rápido que pôde: havia um círculo de umidade onde seu corpo estivera, e um inconfundível fedor de urina.

*

A coisa funcionava assim: ela teria que oferecer uma alma por mês e, na falta desta, a dela seria o único pagamento aceitável. Um trato simples, sem complicações nem letras miúdas. Regina guardou em uma gaveta da penteadeira a folha que o padre Karras havia deixado, dobrada, debaixo de alguns medicamentos contra a acidez, pastilhas para a constipação e um saco de algodões demaquilantes. Depois do café da manhã, levou a Ouija de volta ao galpão. Ela a colocou debaixo das outras caixas de jogos e aproximou alguns brinquedos da prateleira, bloqueando o caminho para o armário.

De volta ao edifício principal, um pouco ofuscada pelo contraste entre a penumbra do salão e a luminosidade do jardim, Regina viu duas meninas gêmeas de cerca de quatro anos, com vestidos de cores pastéis. Atrás delas caminhava um casal jovem com um bebê nos braços. O homem teria uns trinta e cinco, talvez, com barba escura e cabelo ondulado: muito bonito. Ao ver Regina, ele se aproximou para abraçá-la:

— Mãe! Ontem não pudemos vir porque Gabrielzinho estava um pouco febril, mas nos deram permissão para te visitar hoje.

Ela arregalou os olhos, incrédula. Aquele jovem a estava confundindo com outra pessoa? Virou-se para a recepção, como pedindo ajuda: a mulher atrás da mesa olhou para ela com o sorriso paciente de quem está acostumada a lidar com os esquecimentos dos idosos:

— Não tem problema, senhora. Pode recebê-los na sala de televisão, no jardim ou no seu quarto, onde preferir.

Antes que pudesse responder, as duas meninas correram em sua direção e cada uma segurou uma de suas mãos, puxando-a pelo corredor.

— Tem chocolate hoje, vovó? — disseram em uníssono. Nesse instante, pareceu-lhe que as conhecia desde que nasceram. O que estava acontecendo? Era quase a mesma sensação de ontem, quando sonhou com o padre Karras de uma maneira tão vívida que parecia verdade. Dentro do seu quarto, as meninas correram diretamente para a gaveta da cômoda direita para pegar um saquinho de celofane com chocolates em forma de coelhos. Ela não se lembrava de tê-los comprado, mas teria que tê-lo feito, de que outra maneira as meninas saberiam onde os guardava?

Sentou-se na beira da cama, um pouco enjoada e bastante confusa. O gato Hermes observava a cena através do vidro da janela: o filho de Regina colocou o bebê em seus braços enquanto a nora lhe contava sobre o banho com lavanda que havia dado a Gabrielzinho no dia anterior para acalmá-lo.

— Esse foi o melhor conselho que a senhora já me deu, sogra — disse, e não de maneira irônica, mas com um tom de carinho e admiração genuína. Em seu colo, o bebê lindo como os anjos renascentistas gorjeava feliz.

*

A maravilhosa reunião familiar aconteceu mais quatro vezes, todas nos finais de semana. Naquela noite se cumpriria um mês exato da visita do padre. Ela tinha se convencido de que o que aconteceu fora um sonho: aquela família perfeita que a visitava sem falta lhe parecia o mais natural do mundo, e teria continuado acreditando na teoria do sonho se não fosse pelo Hermes que se instalara em seu quarto com miados insistentes, invadindo o lugar com um cheiro muito desagradável: uma mistura de carne em decomposição e algo queimado. Aparentemente, só ela podia perceber a peste que, apesar do incenso, das velas aromáticas e da janela aberta, não ia embora.

— Regina, não esqueça o papel que você tem guardado na penteadeira — disse o gato, e ela quase teve um ataque cardíaco.

— Foi você quem falou? — perguntou com a mão sobre o peito, mas Hermes já estava lambendo suas partes pudendas sem prestar atenção. Após alguns minutos, quando terminou seu tratamento de beleza, fez uns ruídos infernais e vomitou uma bola de pelos sobre o tapete ao lado de sua cama.

"Estou ficando louca", pensou. Mas, no fundo, ela não podia se enganar: era consciente de que tinha uma dívida. Já não se atrevia a assistir ao seu antigo filme favorito à noite. Agora ela se deitava pensando em seus três lindos netos, rogando a Deus, disfarçadamente, que a tirasse de sua miséria pela via natural ou, em seu lugar, a algum dos residentes mais doentes do asilo, mas suas preces não haviam sido atendidas e aquela noite era o prazo final. Teria que tomar uma atitude: sua vida e sua felicidade tardia estavam em jogo. Colocou as pantufas e saiu para caminhar pelo corredor, com Hermes ziguezagueando entre suas pernas. Atrás das portas fechadas, podia ouvir as vozes dos velhos que falavam sozinhos, diferentes níveis de tosses severas com seus respectivos pigarro e escarro, boleros antigos a um volume aceitável para a noite. Mais baixo, embora não pudesse ouvi-las, sabia que também havia preces, lágrimas, flatulências, delírios, solidão, dor e desespero, como o seu. "O que vou fazer?"

Hermes parou em frente à porta com o número 123 e Regina quase esbarrou nele. Conseguiu parar antes da parede e precisou de alguns segundos para recuperar o fôlego. Sempre que se está perto de um acidente que não acontece, a alma escapa um pouco. Fechou os olhos e fez o sinal da cruz rapidamente, agradecendo à providência por não ter caído nem quebrado o quadril. Quando abriu os olhos, o gato a contemplava sentado no limiar, miando impaciente. Regina olhou para os dois lados do corredor como se fosse atravessar a rua e verificou que estava sozinha. Só então se atreveu a abrir a porta devagar e, embora rangesse, ninguém pareceu notar.

Na cama estava o senhor Ernesto, provavelmente o idoso mais abominável da história da residência. Em vez de ir ao banheiro, ele gostava de fazer suas necessidades, tanto líquidas quanto sólidas e as de estado intermediário, dentro de frascos que depois guardava debaixo da cama, junto com os vestígios de sua falta de pontaria. Apesar de o pessoal da limpeza trabalhar a todo vapor para limpar seu quarto, um perene odor de urina e fezes prevalecia aderido às paredes. As enfermeiras se queixavam de seu exibicionismo: nada o agradava mais do que andar nu debaixo de um roupão que abria sem o menor pudor, para provocar. Também não faltavam seus olhares lascivos, as palmadas escorregadias, os comentários sexuais e suas piadas obscenas. Entre os itens que coroavam sua lista de qualidades estavam os gritos, os insultos, um péssimo humor e a atitude de um tirano diante de seus servos. A lista de desagravos contra o pessoal feminino e outras residentes era longa e perturbadora. E lá estava ele, roncando como se não houvesse amanhã, satisfeito por tornar a vida dos outros insuportável.

Regina cobriu o nariz com o antebraço antes de entrar no quarto e fechar a porta atrás de si. Ouviu alguns grilos no jardim e uma motocicleta cruzando a avenida. Hermes subiu na cama e lhe lançou um olhar bastante peculiar. Se o que Karras tinha dito sobre o gato era verdade, ela não estaria fazendo mais do que acelerar um pouquinho o processo natural. Depois de tudo, no livro da vida está escrito o momento de cada um.

Olhou a hora no seu relógio: faltavam dez minutos para a meia-noite. Tentou pesar o problema moral na balança do bom senso. Por um lado, Regina gostava de ter um filho, uma nora e três netos. Por outro lado, ninguém gostava do senhor Ernesto e de seus modos, da agressividade e as constantes grosserias e humilhações. Além disso, havia uma longa lista de idosos esperando para serem admitidos na residência. Não era tão difícil decidir, na verdade, quando alguém se restringia, sem sentimentalismos, às questões mais pragmáticas.

Colocou o cadeado na porta e fechou as cortinas com cuidado, caminhando na ponta dos pés de maneira silenciosa. Milagrosamente, suas panturrilhas conseguiram essa proeza sem problema. Depois pegou uma das almofadas do sofá. Talvez não fosse o mais higiênico, mas afinal quem se importava? Hermes emitiu um miado queixoso e o velho se remexeu em seu sono. Ela se ajoelhou lentamente sobre o colchão, sentindo o plástico quente debaixo do lençol; colocou o travesseiro sobre aquele rosto amarelado e amargo, e pressionou com todas as suas forças enquanto pensava na visita familiar do próximo final de semana.

SI
HOLA
NO
ABCDEFGHIJKLM
NOPQRSTUVWXYZ
12345678
ADIÓS
Blum

HOTEL
CASABLANCA
RESTAURANT-BAR
Blum

A semana de Nínive

DOMINGO

Encho a máquina de lavar até a boca, despejo o sabão e a ligo. O barulho familiar da máquina faz parte da segurança dos meus dias. Limpo meu suor com um lenço antigo que tem meu nome bordado. Um anacronismo nestes dias. Quem usa lenços não descartáveis? Tento lembrar quando foi que o ganhei daquele igualmente velho amante: duzentos anos? Só Deus sabe. Estou prestes a dobrar os lençóis e as toalhas recém-saídos da secadora, e assim *per secula seculorum* neste porão quente e escuro debaixo do hotel Casablanca. Turnos de doze horas com uma hora para comer. Não é o trabalho ideal de ninguém e o salário é o mínimo, mas não tenho que lidar com o sol nem com muita gente ao mesmo tempo. Se as tarefas monótonas e repetitivas fazem com que uma jornada pareça uma eternidade para qualquer mortal, para aqueles que são verdadeiramente eternos é algo indescritível em termos humanos. Mas é preciso pagar o aluguel do apartamento, os serviços, o telefone. O que quer que exija o espírito da época.

Os ponteiros do relógio do porão anunciam: seis da tarde, e as garotas do segundo turno, as camareiras e lavadeiras, começam a chegar. Me cumprimentam amáveis, mas distantes porque, embora seu raciocínio não possa explicar o que sentem perto de mim, seu instinto lhes adverte a manter distância da gorda pálida e solitária. Fazem bem, mas não seria necessário no que me diz respeito. Alimento-me apenas de homens, de preferência dos que sobram neste planeta. Nunca toquei em uma mulher. Quase todas as minhas refeições levam um trabalho de pesquisa prévio e são planejadas, raramente produto do acaso ou do impulso. Ouço os comentários das outras trabalhadoras, reviso as redes sociais, os jornais, ouço o rádio, e levo em conta o que vejo quando caminho pela cidade. Anteontem à noite me saciei, então estou há dois dias sem o impulso. Isso quer dizer que posso relaxar um pouco e compartilhar uma aparente normalidade com os outros.

Meu turno terminou. Passo meu cartão pela máquina velha e vou ao banheiro das funcionárias. Tomo uma ducha no único chuveiro, troco minha roupa de trabalho por um vestido curto e apertado e, enquanto me penteio diante do espelho, cubro meu rosto com uma base mais escura que meu tom de pele, imagino por um momento que não sou eu. Agora que já são sete da noite, subo até o lobby do hotel e me transformo: de funcionária a cliente. Dom Hilário, o idoso que toca piano todas as tardes e noites, até a meia-noite, ensaia seus acordes. Sento-me no balcão e peço uma bebida: a primeira é sempre cortesia da casa porque Mario, o *barman*, é o mais próximo que tenho de um amigo. A segunda dose é geralmente patrocinada por algum cliente solitário e muito mais velho que eu, que só busca um pouco de conversa ou exercitar-se na arte do flerte sem riscos, já com seu corpo decrépito enferrujado. Minha bebida favorita se chama “o vampiro”, mas eu gosto de sangria também. Irônico? A vida está cheia de coincidências bobas. O álcool não tem efeito em mim porque meu organismo é incapaz de absorver qualquer coisa que não seja sangue, mas sou capaz de saborear e devo dizer que não me desagrada de forma alguma. Ali, com um copo na mão, de costas para o piano, enquanto o lugar vai enchendo lentamente, posso me sentir um pouco humana. Minha rotina consiste em chegar muito cedo ao hotel quando o sol ainda não nasceu e passar o tempo no bar até que a cidade esteja completamente escura. O descanso e a mudança de estímulo são bem-vindos. Embora minha força seja muito maior do que a de qualquer pessoa, cada um tem um limite, e doze horas de lavar e dobrar roupas brancas também têm seu custo no meu corpo.

Chupo meu vampiro usando um canudinho desses que se decompõem e não são um perigo para as tartarugas marinhas. Me concentro em sentir o líquido frio descendo pela minha garganta, em apreciar a cor que não é vermelha nem laranja, o sabor que se mistura com as melodias que emergem do piano e um alvoroço de vozes. Uma televisão na parede transmite, sem som, um jogo de homens com uma bola, que poderia ser futebol, futebol americano, *rugby*, basquete, tênis, boliche ou beisebol: não importa. São apenas homens com uma bola. Quem me dera que algo na vida me apaixonasse tanto quanto são apaixonados os que olham atentamente para a tela, ou como a religião aos devotos, ou os que apoiam uma dessas causas irracionais que enlouquecem as pessoas, como os jovens e o novo modelo de telefone. A música e a literatura ajudam, claro que sim, mas, faça o que fizer, a eternidade depois de vários séculos acaba sendo entediante.

— Nínive, quem oferece o drink é aquele cavalheiro dali — diz Mario e me serve um segundo vampiro. Com um movimento de cabeça, ele aponta para uma mesa perto do piano. — Seja discreta quando olhar.

— Por quê?

— Não sei, Nínive, porque os homens não devem pensar que têm o seu interesse na primeira tentativa. — Mario limpa o balcão com um pano que deve estar mais cheio de bactérias do que qualquer hospital. — Você sabe muito bem que todos os homens somos uma cambada de porqueiras.

Rio com ele e finalizo a primeira bebida sugando, até que o canudo faz um barulho horrível. Devolvo o copo vazio.

— Não todos: sou uma bêbada com sorte. A primeira foi você que me ofereceu e a última, ele, sem nem me conhecer.

Mario sorri: tem o cabelo lambido para trás, olhos pequenos e fundos sob umas órbitas encantadoramente masculinas e orelhinhas de duende. Até me pareceria bonito se não fosse meu amigo. A verdade é que também não teria esperanças de que ele pudesse olhar para mim de outra maneira. Estou sozinha e, sim, às vezes gostaria de saber o que é se apaixonar, ter alguém por perto, não me sentir sozinha o tempo todo. Penso que deve ser algo como um desejo volátil. Tenho essa fantasia de tanto conviver com os humanos, ler tantos livros de amor e ver tantos filmes românticos desde que o cinema foi inventado. O *barman* me tira das minhas divagações com um pratinho de amendoins. Não sei por que ele continua fazendo isso se eu nunca como.

— Nós nunca damos algo só porque sim: sempre esperamos uma coisa em troca. Sabe aqueles peixes horrorosos das profundezas do oceano com a sua luzinha no topo da cabeça?

Eu faço com a cabeça que sim, divertidamente, diante do gesto protetor de Mario, que deve me ver como sua irmã mais velha... Uma irmã gorda e feia a caminho de se tornar uma solteirona amargurada. Me causa ternura que ele possa pensar em mim como a vítima de um homem. Mas como é que ele poderia saber: é apenas um garoto honesto que vive em um mundo que é cruel e perigoso para as mulheres. Dou um giro no banquinho e olho para a mesa do meu benfeitor, aquele que acha que pode me ter em troca de algumas doses de tequila, um pouco de sangria e refrigerante de toranja. Pareceu que ele estava esperando justamente que eu fizesse isso, para que nossos olhos se encontrassem, e ele pudesse levantar seu copo e brindar à distância. Eu sorrio sem abrir a boca, não por mau hálito ou por uma dentadura torta, mas pelos caninos. Admito que ele é um cara bonito, muito acima dos padrões humanos que vi ao longo das duas centenas de anos que tenho vivido. Suponho que isso deveria me entusiasmar, mas tenho tendência a desconfiar da bondade dos estranhos, especialmente dos bonitos. Seguramente ele deve estar cheio de vontade de uma brincadeirinha cruel, mas não vou cair no seu jogo. Deixo o copo e observo pelo vidro da entrada: a noite já está em seu apogeu. Agora posso ir embora e beber algo que realmente me nutra, se assim me apetecer. Mario está ocupado atendendo outros clientes. Vou embora sem me despedir.

Caminho em direção ao banheiro feminino e, em vez de entrar pela porta vaivém, sigo em frente por um corredor que leva à saída de emergência. O alarme não funciona há anos. Empurro a porta e a frescura da noite me recebe com algo que poderia ser interpretado como carinho, se o clima tivesse sentimentos pelas criaturas como eu.

SEGUNDA-FEIRA

Pode-se dizer sem medo de errar que meu dia de trabalho hoje é idêntico ao de ontem, então podemos pular o resumo dessa parte. A noite chega finalmente. Posso andar durante horas sem me cansar. Saio da zona turística do centro e de repente me encontro na zona vermelha da cidade. Não há nada glamoroso na prostituição desse nível: não existem prostíbulos em mansões elegantes com madames francesas nem garotas de programa que buscam pagar a universidade como nos países de primeiro mundo. Por estas ruas caminham os desesperados, os sem opção, a quem igualmente expulsam do Paraíso e do Inferno. Eu estaria de coração partido se tivesse que conviver diariamente com essas mulheres que, por necessidade, vendem seu corpo aos homens miseráveis de espírito que, por uns trocados, decidem comprá-los. Minha roupa combina super com o ambiente e, embora eu não seja atraente pelos padrões da época, de qualquer forma sou alvo de comentários ofensivos e grosseiros. Que prazer lhes provoca aos homens humilhar as mulheres com palavras? Caminho ignorando-os. Não por medo, mas porque não merecem minha atenção no momento. Estou escolhendo a pior escória da rua, aquele que menos fará falta ao mundo se parar de roubar oxigênio da atmosfera. Ao chegar na próxima esquina, encontro meu objetivo.

Trata-se de um tipo funesto e genérico, e por genérico quero dizer repugnante, que está pechinchando a tarifa com uma garotinha que não deve passar dos catorze anos. A camada de maquiagem sobre seu rosto e suas roupas de adulto não me enganam nem muito menos a ele: tenho certeza de que ele a escolheu porque é um pedófilo.

— É uma menina, não seja idiota — digo segurando-o pelo braço.

Surpreso com o gesto, ele se vira e me olha de cima a baixo com uma mistura de nojo e desprezo. Sacode o braço para se soltar e eu permito.

— Não se mete, sua gorda baranga.

Não sou nada para ele e, por isso, ele se esquece de mim. Subestimar o inimigo é o erro mais típico do manual. Ele me dá as costas e volta a assediar a menina, que olha impaciente de um lado para o outro da rua, como se estivesse calculando suas possibilidades de fugir. Verifico que ninguém está nos vendo. Estamos perto de um poste de luz; acima de nós, várias mariposas escuras zumbem desajeitadamente. Um fedor de esgoto nos rodeia. Uma quadra adiante, alguns putanheiros param seus carros para que as prostitutas e travas se inclinem para negociar em suas janelas. Penso que é uma verdadeira sorte que este pervertido tenha decidido vir a pé.

Vejo-o encostar-se à sua presa, os braços pelancudos e peludos flanqueando-a. Inclina a cabeça para ela; imagino que com seu hálito pestilento está dizendo o que quer fazer com ela. A última coisa que espera é que a gorda que o confrontou alguns minutos atrás faça o seguinte: derrube-o de lado e arrebate-o pelos ombros como se fosse um carneirinho indefeso. O cara, que se sentia um lobo, um predador poderoso, só porque tem um apêndice pendurado entre as pernas, dinheiro, uma voz rouca, músculos mais fortes que a média das mulheres e muito mais idade que sua vítima, agora parece assustado. Primeiro tenta se libertar contorcendo-se como uma minhoca, depois lança socos e chutes que mal me tocam. Acaba ameaçando-me com o repertório completo de seus insultos. Pouco a pouco vai compreendendo que não sou uma mulher comum.

— Vamos para um lugar onde ninguém pode nos ver, papi — digo-lhe num tom sexy que é tudo, menos isso. — Daí você vai se meter com alguém do seu tamanho, homenzinho.

Não é tão burro quanto parece. Quando finalmente aceita que seus golpes não me machucam e que não pode se libertar, começa a pedir ajuda. É o momento em que a menina escolhe sair correndo.

— Você não acha que a menina que você ia comprar também gostaria de ajuda? — Entre soluços, tenta me explicar que o que ele faz é uma transação de comum acordo e consentimento. — Não me venha com essa, imbecil. Ela não tem outra opção. E você é um estuprador nojento.

Eu o jogo no chão de costas e o golpeio o suficiente para que ele entenda que posso matá-lo se tentar fugir. O macho alfa de péssima qualidade se entrega ao choro e se urina quase simultaneamente. Talvez suspeite do que está por vir. Me pergunto se ele é um leitor de clássicos e se, entre suas leituras, estará Drácula ou pelo menos alguma saga de amor juvenil vampiresco.

— Ninguém vai sentir sua falta — sussurro antes de morder seu pescoço com tanta força que o ouço estalar como um galho seco sob minha mandíbula. Devo consumir até a última gota de sangue: o mundo não precisa de um vampiro feito a partir da escória humana.

Limpo minha boca na camisa dele e jogo seu corpo vazio, como uma barata seca, em um contêiner de lixo metálico.

Depois caminho para casa, tomo um banho e assisto a um filme de comédia, sentindo algo muito parecido com satisfação.

TERÇA-FEIRA

Na terça-feira não trabalho. Como ontem me alimentei, não há necessidade de sair hoje. Meus dias livres são sempre iguais: enquanto há sol, permaneço na cama com as cortinas *blackout* bem fechadas e assisto a vídeos do Chayanne no YouTube. Agradeço ao Criador pelos humanos que inventaram essa plataforma e pelas boas almas que se encarregam de subir conteúdo, como os vídeos de Chayanne desde o início de sua carreira artística. Esse homem deve ser o melhor produto da raça humana nos últimos mil anos. Não sou tão velha para saber disso, mas também não tenho dúvidas a respeito. Haverá quem discorde, mas meus gostos não estão abertos a discussão.

Às vezes também durmo, mas não muito. É mais o que se pode chamar de dormir consciente e com os olhos fechados. Nem as notícias nem as séries e filmes me entretêm realmente. Por momentos, admito, posso apreciar a criatividade dos artistas, limitada, mas criatividade, afinal. Não conseguem sair de si mesmos esses seres. Embora haja dragões, extraterrestres, robôs ou duendes, os produtos continuam sendo realistas até o âmago: para as pessoas é impossível afastar-se de sua própria essência. Eu levo tantos anos observando-os, e brincando de me camuflar entre eles, que para mim já não há nada novo sob o sol, para usar uma de suas metáforas. Não é que minha espécie seja mais divertida ou inovadora: só faço uma crítica construtiva.

Aumento o volume e faço uma pequena limpeza no apartamento. Penso que um romance a cada cinquenta anos não estaria nada mal. A vida dos meus é sempre solitária. Não há um censo de vampiros no mundo, suponho que em cidades pequenas haja um, dois, três no máximo, e seria impossível que coincidíssemos em algum momento. Sim, um romance ocasional me faria bem para ter um novo estímulo. Mas quem vai querer se aproximar de alguém como eu? Dei azar no físico. Embora eu pareça jovem para os padrões humanos, careço da beleza necessária para atrair alguém como, digamos, Chayanne. Ai, Nínive.

QUARTA-FEIRA

O dia começa mal. A primeira coisa que vejo e ouço ao entrar na sala dos funcionários é o senhor Mesa, o supervisor. Nem terminei de guardar minhas coisas no armário, e ele já começa a me falar com seu tom condescendente e arrastado:

— Nínive, temos um código quatro, repito, um código quatro — diz com o rádio na mão, olhando-me com sarcasmo. — É o que me informa Lolita, que já vem a caminho, com o seu presente.

O cara tem a boca torta, os dentes amarelos, e parece que Deus não o abençoou nem com uma mandíbula ou uma alma. O prazer que lhe dá humilhar as mulheres sob seu comando, que têm que aguentá-lo de qualquer jeito porque precisam do emprego, lhe dá uma energia sombria que o move pelos corredores do hotel com uma cadência malévola. As funcionárias devem sorrir quando ele lhes dá uma tapinha no traseiro ou quando passa perto delas e tenta tocar seus seios como se fosse acidente; ou pior, quando desliza seu pacote nojento por trás de seus corpos, esfregando-se como um animal. Também é sua obrigação calar a boca e não se defender quando o supervisor revisa os quartos recém-feitos e decide que algo não está bem limpo. Só lhe resta, à camareira em questão, voltar a limpar enquanto ele supervisiona da porta, impedindo a saída até que se aborrece e vai embora, provavelmente para assediar uma nova vítima. Mesa é o tema principal de conversa das camareiras quando vêm deixar os lençóis e toalhas sujas. Agora esse paspalhão quer me estragar o dia com um código quatro, que significa lençóis sujos de sangue, urina, vômito ou merda.

— Sem problemas — digo aproximando-me dele até invadir seu espaço pessoal. — Não lavo à mão.

Meu corpo se gruda ao dele completamente e minha mão percorre a frente da calça dele. Apesar de sua altura, o supervisor se tensiona de medo e dá alguns passos para trás até encontrar a parede. Não é apenas o machismo covarde diante da inversão dos papéis, mas o instinto mais puro de um coelho que se encontra preso por uma raposa. Eu testemunhei isso tantas vezes: seus olhos transbordam com um terror primitivo transmitido de geração em geração de sua espécie diante da minha.

Quando Lolita chega com os lençóis sujos de fezes, o supervisor Mesa finge atender uma chamada no seu telefone e sobe as escadas quase correndo. A camareira parece confusa diante da reação do homem, sobretudo porque dessa vez ele não fez nenhum comentário babaca.

— E agora, o que aconteceu com esse aí? — pergunta enquanto esvazia o saco com os lençóis. Eu já os pego e examino como se fossem antiguidades, e sigo com o procedimento de colocá-los em uma lavadora.

— Nada não, só acho que ele não gosta de mulheres do meu tipo.

Mais tarde, quando espero a escuridão sorvendo meu vampiro no bar, me pergunto se devo libertar o mundo do supervisor e jantar, claro. Seria um alívio para o pessoal feminino do hotel e abriria uma vaga, justo neste momento em que o desemprego está em cifras históricas.

— Te ofereceria outra bebida só para saber o que você está pensando.

Muito me surpreende que este homem se dirija a uma servidora. Exceto Mario, ninguém do hotel fala comigo só porque sim. Estou o dia todo dobrando lençóis e toalhas, agachando-me em frente a máquinas de lavar e secar, não estou penteada nem maquiada, e estou vestindo uma camiseta velha, jeans e tênis, sem falar nos trinta quilos de peso extra sobre o padrão esquelético desta década.

— Não sei se você está falando comigo, mas tenho certeza de que você não quer saber o que estou pensando — digo quando vejo que é o mesmo que me mandou um vampiro na segunda-feira. Nesse dia pensei que era uma piada de mau gosto, uma daquelas apostas que os idiotas fazem com seus amigos idiotas, mas agora duvido. Ou este cavalheiro é extremamente maligno e persistente ou, talvez, na verdade ele queira me conhecer.

Ele sorri, dá um gole no que imagino ser uísque ou alguma outra bebida âmbar, se acomoda sobre os cotovelos e se inclina para mim.

— Eu realmente quero saber.

"Bonito demais para o meu gosto", penso. Desde o início dos tempos, a beleza dá às pessoas um poder que não merecem. Assim como as crianças mimadas, os bonitos do mundo precisam de uma boa lição. "Cuidado, bonitão, não deixe que a curiosidade felina te mate", isso eu penso, mas não falo, e o que sai da minha boca é:

— Quero matar meu chefe e talvez, um dia desses, eu faça isso mesmo.

Ele começa a rir, mas não com uma risada nervosa ou desconfortável, e sim honesta: o que acabei de dizer realmente o diverte. Sua proximidade é prova de que ele não tem medo de mim. Será que sua soberania de homem bonito lhe minou o instinto de sobrevivência?

— Certamente, ele merece. Me chamo Gerardo. Posso te convidar para jantar? — Ele solta assim, sem mais, e sua pergunta me faz cuspir parte da bebida, pois o que ele disse é um jogo de palavras do qual eu poderia sair mal, já que o único alimento que ele poderia me dar circula por suas veias. Continuo pensando que isso deve ser uma piada: em que momento alguém tão bonito se fixaria em Nínive? E não me refiro à minha natureza vampírica, mas a este corpo e a este rosto sem graça, para usar um eufemismo. Meu corpo obeso, os músculos gordos, os braços flácidos, a papada, a barriga, tudo o que fui quando era humana se transformou na minha carapaça para a eternidade. Isso de os vampiros serem jovens e belos é tão real quanto a honestidade dos políticos. Um ser se torna e conserva o corpo que Deus, a natureza ou o acaso nos atribuiu. Pode alguém realmente ser algo mais do que seu próprio corpo? Embora eu não acredite, decido jogar o jogo dele, seguir a corrente da brincadeira ou o que quer que esse homem pretenda.

— Muito prazer, sou Nínive. E embora não pareça, nunca janto. — Antes que me responda, sigo: — Mas você pode me convidar para a sua casa ou apartamento.

O bonitão não se intimida com a minha assertividade nem desiste da missão. Ao contrário, me contempla sem desviar o olhar, termina o uísque, e diz:

— Como sou casado, teríamos que usar outro lugar. — Entorna os olhos como se alguém lhe sussurrasse algo do teto e toma o resto do meu vampiro como se eu lhe tivesse dado permissão. — E olha, por acaso estamos em um hotel. Velho, de três estrelas, mas hotel, afinal de contas.

Desta vez eu rio. O cara realmente me fez rir. Quando foi a última vez que ri? Trinta, cinquenta anos atrás?

— Sou da classe trabalhadora, então, você paga — digo enquanto desço do banquinho.

— Sou médico ginecologista obstetra, e não um qualquer — diz, tirando a carteira do bolso da calça. Uma carteira nova, de couro, cheia de plástico de crédito e notas. Aos homens se conhece pelo estado da sua carteira. Paga a conta e deixa uma gorjeta generosa para Mario, que observa a cena levantando a sobrancelha de uma maneira engraçada. Antes de terminar de me virar, ainda o vejo outra vez pelo canto do olho. Ele me faz uns gestos que eu interpreto como "Pilantra, hoje você vai ter ação! Depois vai ter que me contar tudo".

Atravessamos o ambiente que separa o bar da recepção do hotel. Atrás do balcão está dona Zita, uma mulher de sessenta e poucos anos com o cabelo na cor loiro Barbie e maltratado como um esfregão, com uma grossa camada de maquiagem como o reboco de uma parede para cobrir as rugas. Com toda a minha feiura, sei que ela me inveja pela minha juventude relativa. E isso que ela não sabe que continuarei parecendo a mesma quando ela já tiver se integrado à grande compostagem da humanidade. Sua cara de espanto ao me ver junto ao médico é a cereja do bolo do meu dia: não consegue conceber que alguém como ele pague um quarto para estar comigo. Ele não hesita em pagar com o cartão de crédito e mostrar uma identificação oficial. Antes os homens eram menos cínicos, penso enquanto caminhamos para o elevador e ele me pega pela mão, sua aliança de casamento se encaixando na minha pele. De forma alguma é uma queixa.

QUINTA-FEIRA

O sol ainda nem apareceu e já estou guardando minhas coisas no armário. Não por acaso recebo uma bonificação por pontualidade desde o primeiro ano em que trabalho no hotel. Ao meu lado está Ruperto, o porteiro do turno da noite, preparando-se para voltar para casa. Ele faz a mesma piada de sempre, sobre como parece que eu moro no hotel: já estou aqui quando ele vai embora, e continuo no hotel quando ele volta para começar seu turno.

— Não seria má ideia viver aqui.

Digo com meu sorriso sem dentes. Raramente sorrio e falo muito pouco, quase nunca na frente de outra pessoa. Ruperto coloca a mochila de manta no ombro, ajeita a boina estilo vovô e fecha o casaco:

— Agasalhe-se, senhorita Nínive. Durango é gelado pela manhã.

Assinto em silêncio e vou ao banheiro. Me tranco em um dos cubículos enquanto o resto dos funcionários, cozinheiras, camareiras, garçons e outros chegam no vestiário e batem ponto. Do meu esconderijo, posso ouvir murmúrios, risadas, queixas, fofocas do dia anterior. Fecho os olhos e lembro-me do dia de ontem. Sem dúvida, um desses encontros que não acontecem com muita frequência. Pelo menos não para mim. Apesar de os padrões de beleza mudarem de tempos em tempos, desde que me lembro, estou na periferia do que quer que seja requisito para ser uma mulher bela: quando os homens não as preferem magras com a pele colada ao osso, eles gostam mais das robustas, mas com formas impossíveis, quadris largos, seios generosos e a cintura de vespa, como se a localização da gordura corporal fosse uma escolha pessoal e não produto da loteria genética. Por isso me surpreendi quando Gerardo, com a aparência que tem, estava fascinado comigo; ou seja, um homem bonito independentemente da época e lugar — seria atraente como soldado espartano, cavaleiro das cruzadas, rei europeu, estrela de Hollywood, *rockstar*, piloto de avião da Segunda Guerra Mundial —, repetindo entre beijo e beijo o quanto eu o fascinava. Amassava minhas gordurinhas, escondia o rosto entre meus seios, se perdia em todos os meus contornos com uma alegria quase infantil. Tive que fazer uso de toda a minha força de vontade para não o morder ali mesmo e esvaziá-lo até a última gota. O pulsar do seu sangue sob a pele unida a mim foi uma prova de caráter extraordinária. Em algum momento terminamos, exaustos e olhando para o teto, processando as sensações recém-experimentadas. Depois de um tempo, ele anunciou que estava ficando tarde para chegar em casa, me deu um beijo e prometeu que repetiríamos isso. Ele disse assim, com um movimento de braços que nos abrangia a ambos, como se sua beleza tivesse poder sobre mim, com aquela confiança dos privilegiados que sempre conseguem tudo o que querem desde crianças.

Silêncio. Quando todos se vão, saio do meu esconderijo, vou à área de lavanderia e coloco a primeira carga do dia: contemplo as toalhas brancas girarem através da escotilha. As revoluções sempre me fazem pensar. A raça humana, por outro lado, cresceu tanto que chegou ao ponto de controlar o nascimento da população para evitar a devastação total do planeta, como aquelas manadas de elefantes que acabariam com um ecossistema completo se fossem deixadas à solta. Será esse o propósito da minha raça?, pergunto-me enquanto penso no rosto e no corpo perfeitos de Gerardo. Admito que desejei encontrar o amor, construir uma vida a dois, e se não fosse completamente normal, seria ao menos superficialmente, com algum senhor que me deixasse viúva em algum momento. Claro que é apenas uma ideia. Que terrível deve ser para a esposa de um homem que prometeu ser fiel e não é: mau negócio o casamento, verdade seja dita.

Suspiro e olho para o relógio. De um tempo para cá, a eternidade está me custando demais. Não faço mais do que contar os minutos para que chegue a hora de sair do trabalho, e quando já estou em casa não faço mais do que contar as horas para voltar ao hotel. E vou me sentindo viva entre uma coisa e outra, com uma refeição e outra, em uma pequena caçada; são coisas que me emocionam por um instante. Talvez por isso decido evitar a rotina do bar no final do meu turno. É possível que Gerardo esteja lá me esperando para subir para uma segunda volta no carrossel; ou pior, é possível que não esteja, para se fazer de difícil e fazer também aqueles joguinhos estúpidos que os humanos costumam praticar. Nenhuma das duas opções me agrada, então me tranco em um quarto que se tornou o depósito dos móveis quebrados que serão consertados, onde apenas os ratos, as aranhas, os fantasmas e eu costumamos entrar. Ou seja, só se acumulam pó e confinamento. Resolvo passar o tempo lá até escurecer. Depois coloco uma saia muito curta e uma blusa justa que deixa entrever toda a gordura que me sobra.

Uso a saída de emergência que dá para o pequeno estacionamento do hotel. Lá fora está Mesa, meu supervisor, fumando em uma pose de James Dean que seria convincente, se não fosse porque é um dos homens mais repulsivos que vi nos últimos séculos: calvo com pequenos brotos indecisos no crânio. Alto, tão alto que sua cabeça parece pequena para aquele corpo que jamais se exercitou, com extremidades finas e flácidas, e uma barriga dura que faz a camisa subir, como se, da pança, fosse brotar um xenomorfo a qualquer momento.

— Vou ter que te demitir. Seu turno acabou faz duas horas e você ainda está aqui — diz ele, exalando a fumaça com um gesto que pretende ser sexy, mas que é mesmo apenas grotesco.

Passo reto como se não o tivesse visto, mas quando estou perto murmuro um insulto alusivo à sua mãe. Da maneira mais previsível para um sujeito como ele, joga o cigarro no chão e o pisa com um movimento dramático, esmagando-o com sua bota, e começa a me seguir pela calçada mal iluminada. A verdade é que estou com fome e poderia saciá-la com um delinquente qualquer, desses que roubam a casa de um idoso que vive sozinho ou um estuprador de terreno baldio, mas decido que será o meu chefe quando ouço seus passos me seguindo com a certeza que só os homens neste país em particular têm de que podem dispor do corpo ou da vida de uma mulher sem nenhuma consequência. Doze mulheres desaparecem diariamente no México e ninguém levanta uma sobrancelha. Imagino o que diria Mesa se alguém encontrasse meu corpo nu em algum terreno baldio ou em algum depósito de lixo: "Nínive sempre andava sozinha à noite. E aqueles vestidos? Ufff, deveria ter se poupado, com o corpo que tinha, mas quem manda sair assim toda provocativa?".

O problema para ele, um macho regular e médio, é que eu sou bem diferente da mulher regular e média, e ele está prestes a descobrir isso. Coloco uns fones de ouvido para parecer distraída enquanto sigo caminhando. Não são apenas seus passos e sua respiração que meus ouvidos sensíveis podem perceber: também posso sentir o cheiro dele, aquele suor nauseante e penetrante, e, acima de tudo, o aroma do sangue fluindo com ingenuidade por suas veias. Cruzo em frente à igreja de Santa Ana e viro à esquerda em um beco com iluminação quebrada que liga a rua Constituição à rua Bruno Martínez. São quase onze da noite. Claro que ele também entra no beco atrás de mim. Segundos depois, sua mão enorme se fecha ao redor do meu antebraço e me puxa com certa força que provoca dor. Lanço um grito de surpresa e deixo-o fazer: permito-lhe acreditar que ele tem a vantagem da força física. Alguns carros cruzam pelas ruas perpendiculares ao beco, alheios ao que acontece na penumbra.

— Vou te dar o que você merece, vadia — ele me diz, me encurralando na parede. Em que escola de estupradores ensinam essas frases batidas para os idiotas? Só por diversão, estendo um pouco mais meu papel de atriz e finjo lutar para escapar.

Meu chefe ameaça me matar se eu gritar e me dá um tapa com todas as suas ridículas forças. Eu solto um gemido e me dobro como se estivesse cobrindo o rosto. Ele aproveita o momento para me jogar no chão de costas. Depois, junta meus braços acima da minha cabeça e pressiona meus pulsos com uma das mãos; com a outra, luta com sua calça até conseguir abrir o zíper e expor aquele pedaço de masculinidade, o centro de suas inseguranças. Ele levanta a saia e tenta entrar em mim. Assim reclinada, meus olhos apontam para o céu e posso ver a lua minguante e um par de mariposas negras voando desajeitadamente. Então, um tédio existencial me invade, como uma mudança barométrica na alma. É um sentimento que me oprime, me deixa triste, mas já que estou aqui, tenho que viver o momento. *Carpe diem.* Vá lá.

— Você está me fazendo cócegas com esse seu pintinho — digo rindo.

E o cara para na hora, furioso, como se não acreditasse no que acabara de ouvir: em uma fração de segundo sinto a flacidez daquele pedacinho de carne entre minhas coxas.

— Vou te ensinar, sua puta, vou te...

Não pode terminar sua ameaça porque liberei meus braços e minhas mãos já se apertam ao redor de seu pescoço. Estrangulo-o firmemente até ver sua língua gorda e coberta de bactérias esbranquiçadas sair entre seus lábios de salsicha. Seus olhos se arregalam e me fazem pensar em um anfíbio. Também vejo o terror neles, justo antes de torcer-lhe o pescoço como a um frango e romper a conexão entre cérebro e corpo. Hora de mudar de posição: agora ele está embaixo e eu em cima. Deslizo suas calças até os tornozelos. Decido bebê-lo pela femoral e não pela aorta. Quando termino de esvaziá-lo, arrumo o corpo como se fosse uma instalação artística. Penso em deixar uma mensagem, mas decido que é melhor não. A saciedade começa a me adormecer e acho que é melhor voltar para casa.

Quando me levanto e arrumo a saia, eu o vejo. Contra meu orgulho, devo dizer que me sobressalto como se fosse uma mocinha nervosa do século passado. Não esperava ver ninguém lá, mas de todas as pessoas possíveis no mundo, menos esperaria ver a quem vejo. Com uma pose de galã de cinema, Gerardo me olha com uma expressão tipo Mona Lisa.

— Boa noite, Nínive — diz ele finalmente. — Só queria te perguntar se você gostaria que a gente se visse amanhã.

Olho para ele perplexa. Sinto como se tivesse o rosto cheio de sangue, mas não consigo me limpar ou responder, então aceno em silêncio.

— Maravilhoso. — Ele sorri e fica ainda mais bonito. — Uma excelente noite para você.

Ele se vira e, após vários passos de suas pernas longas, desaparece da minha vista. Quando me recupero da impressão, começo o caminho de volta para casa. E se Gerardo viu tudo? Não acho que alguém vá acreditar nele, se ele compartilhar sua descoberta. Vão chamá-lo de louco, ou talvez vão acabar achando que foi ele quem matou o morto. O morto, repito como hipnotizada, e percebo que nunca me senti tão distraída assim. Me pergunto se o cavalheiro nu da cintura para baixo aparecerá amanhã nos noticiários e jornais locais. Imagino os garis da madrugada descobrindo o cadáver, saindo do marasmo de varrer o mesmo lixo todos os dias.

SEXTA-FEIRA

De fato, a notícia está em todos os meios de comunicação hoje. Percebe-se um ar de surpresa e um sensacionalismo distinto na forma como se relata a descoberta, como se um homem violado e assassinado fosse mais estranho do que o avistamento de um óvni.

No hotel, como era de se esperar, a notícia tem um impacto mais pessoal. Pressinto que os funcionários supervisionados pelo agora falecido sentem um alívio que não se atrevem a demonstrar. Só Mario, que não tinha que lidar com seu assédio ou suas humilhações, está genuinamente comovido.

— Aqui lhe servi sua última cerveja, antes de ele sair para fumar no estacionamento — repete como se aquele ato tivesse algo a ver com o destino do pobre diabo.

Fora isso, esta sexta-feira foi idêntica aos outros dias. Arrasta-se com a mesma lentidão e tédio. Eu planejava esperar a escuridão no bar, mas Mario está tão chato quanto os bêbados que atende todas as noites. Não fala de outro assunto além da vida de Mesa, de como o viu ontem à noite sem saber que seria a última vez. Também fala do medo que agora sentirá ao caminhar pelas ruas. "Pobre coitado", penso. Bem-vindo ao mundo da outra metade dos habitantes da terra. Quando ele se vira para procurar uma garrafa, eu já escapuli para o quarto da bagunça e decido esperar lá até que seja seguro voltar para casa.

SÁBADO

E por que não? Terminada a jornada, aceito que Gerardo me compre um vampiro antes de me sugerir subir a um dos quartos. Digo que sim como se eu fosse uma garota sortuda. Fico na espera de algum comentário sobre o supervisor, mas ele não faz. Eu sei que ele sabe, e ele sabe que eu sei, mas ambos guardamos silêncio. Esse elefante na sala consegue me excitar de uma maneira que eu desconhecia, mesmo com tantos anos percorrendo este planeta.

Enquanto ele me despe como se eu fosse a melhor coisa que lhe aconteceu na vida, penso que essa frieza de alma tem um certo atrativo. Se em algum momento pensei que ele poderia ser meu próximo jantar, já não estou tão certa. Talvez, talvez, talvez, canto baixinho. É preciso deixar um pouco de mistério para suportar a eternidade.

Passarinha

> [...] nenhum homem pode viver onde vive uma pomba, uma pomba é o compêndio do caos e da anarquia, uma pomba bate asas de modo incontrolável, crava as garras e pica os olhos, uma pomba emporcalha tudo o tempo todo e espalha bactérias destrutivas e vírus como o da meningite, uma pomba nunca está sozinha, atrai todas as outras pombas, se acasala e procria a uma velocidade vertiginosa, um exército de pombas vai te assediar.
>
> *A pomba*, Patrick Süskind

Desde pequena, Julia havia percebido a capacidade de outras mulheres para se reproduzirem como coelhos. Embora ela nunca tivesse visto nenhuma coelha e seus múltiplos coelhinhos, viu as vizinhas que engravidavam, sem querer e uma vez mais, estando (in)felizmente casadas; também foi testemunha, enquanto cursava o Ensino Médio, de suas colegas que faziam crescer mais as estatísticas de gravidez adolescente do que suas saias escolares se enrolando na cintura. Anos vieram, anos passaram, e parecia que qualquer um que estivesse vivo e ignorasse os anticoncepcionais podia se reproduzir, exceto ela.

Nunca se conforme com um "não", lembrou-se da frase de um *lifecoach* em um programa matutino da televisão local. A fertilidade nunca foi um problema no México; ao contrário, a explosão demográfica era um desses problemas que preocupavam os Estados Unidos, a ONU e aqueles que contam os seres humanos nos países menos afortunados. O excesso humano podia ser palpável em qualquer dia no trânsito impossível, nas latas de sardinha do transporte público ou na colmeia caótica das calçadas a quase qualquer hora.

Pois bem: não ia se conformar com um não. Depois de anos fazendo os exames pertinentes e tentando cada tratamento de fertilização possível no mercado, sem outro resultado que uma conta altíssima onde foram parar todas as suas economias e uma casa herdada de sua avó, a única posse de Julia era sua menstruação pontual mês a mês, como se fosse a conta de água, luz e gás; o consolo de ter tentado tudo. Nessa altura do campeonato, ela já tinha desistido das possibilidades que lhe dava o mundo da ciência e da medicina, mas ainda não do resto: a vida continuava cheia de alternativas, fenômenos inexplicáveis e milagres. Julia acendeu um cigarro enquanto olhava pela varanda de seu apartamento no sexto andar: era o momento de tentar através da magia e da fé. Uma pomba desceu até seus pés e começou a procurar alimento como se Julia não existisse. Por sua vez, ela despejou a cinza sobre o crânio do pássaro, que também seguiu a vida sem se dar por entendida: *quid pro quo*, *Clarice*.

✷

Quando saiu para o corredor, viu a cortina do seu vizinho do apartamento em frente se mover, espionando-a. Acontecia com frequência mas, naquela manhã, aquele ato a inquietou de maneira particular. Quando desceu as escadas de dois em dois, estava muito nervosa. Fechou a porta do carro, começou a andar, e os nervos aceleravam seu coração. Pensando em retrospectiva, o primeiro milagre tinha sido encontrar um estacionamento com vaga no centro, então talvez fosse um bom presságio. Apertou o papelzinho com o endereço que havia anotado e que agora era uma bola úmida pelo suor da sua mão, tornando a letra ilegível. "Tranquila, tá tudo bem", pensou. Tinha memorizado o nome da rua e o número da casa desde que Luzma, amiga de uma amiga de outra amiga, que conhecia "uma bruxa branca, mas muito eficaz para casos como o seu", lhe tinha recomendado.

A casa era antiga como a maioria daquela parte da cidade, mas pertencia àquele subgrupo que o programa de manutenção do centro histórico, por parte do município, talvez não tivesse tocado por estar na periferia, afastada da rota principal por onde passeiam os turistas. A fachada era um quadrado de uns cinco metros de largura, com uma porta metálica embutida em um batente de pedra não trabalhada, ao lado de uma pequena janela com proteções enferrujadas e um vidro amarelado e opaco pelo pó e pelos anos. Atrás dela, podiam-se ver as cortinas esfarrapadas, um vaso em forma de tartaruga segurando uma planta de plástico e um duende cor de caramelo que parecia olhar intensamente para Julia. Embora se esforçasse para procurar um número na parede e verificar se estava no lugar certo, apenas notou a pintura em avançado processo de descascar devido à umidade e um grafite pouco criativo. Teve que fazer uma contagem mental com as casas vizinhas que tinham número, e decidiu que, por eliminação, este tinha que ser o lugar.

Respirou profundamente antes de tocar a porta com a ponta das suas chaves; o metal soou mais alto do que esperava e a própria Julia se sobressaltou. Claramente estava um punhado de nervos, a quem poderia enganar? Poderia jurar que um gato espiou por trás da cortina e desapareceu justo antes da porta se abrir e revelar uma mulher ainda maior que a moldura da porta. Sua voz era aguda, quase infantil: definitivamente não era a voz que qualquer um poderia imaginar que viria incluída naquele corpo massivo. Sem cumprimentá-la ou sequer sorrir, a mulher indicou que Julia passasse.

— Fecha a porta — ordenou, avançando pelo corredor.

Depois da rispidez, a primeira coisa que Julia percebeu foi o cheiro de casa alheia, mas não só isso: uma mistura de urina de gato, incenso, tabaco rançoso e algo mais que a fez lembrar aquelas lojas onde se vendem especiarias a granel. Verificou que a porta e a janela, que se viam de fora, davam para uma salinha que poderia ser a de qualquer avó: móveis desgastados, uma televisão larga daquelas que já não existem, toalhinhas de crochê cobrindo toda superfície possível, minialtares ancorados nas paredes com velas acesas. Isso, sim, nenhuma figura de Nossa Senhora ou de qualquer Santo, ou as típicas imagens que costumam ir com esses altares. O que se viam eram panelinhas, com substâncias estranhas no interior, e outros artefatos e figuras obscuras que não soube reconhecer nem teve tempo de analisar, porque a mulher gorda avançava pelo corredor largo o suficiente apenas para seu corpo. Temeu que, se a perdesse de vista, não conseguiria sair daquela casa que parecia um labirinto. Baixou o olhar para não ver as costas da mulher cheia de banhas e se concentrou nos padrões geométricos dos azulejos do chão.

— Então quer dizer que você está procurando um bebê — afirmou a bruxa sem parar de andar. Julia engoliu em seco e sentiu alívio por não ter se virado para vê-la. Como era obsessiva com o sentido literal das palavras, teve medo de que no final do corredor encontrassem um bebê dentro de uma jaula pelo qual pediria uma quantia exorbitante.

— Quero engravidar, não quero adotar — disse para deixar as coisas claras. A gorda fez um barulho estranho que parecia vir do seu estômago e continuou avançando pelo corredor ladeado por várias portas fechadas até que o espaço se abriu em uma lavanderia com varais cheios de roupas coloridas de todos os tamanhos. Também havia uma máquina de lavar velha, um *mop* para espremer manualmente, várias vassouras, esfregões e pá de lixo com diferentes níveis de uso. No local, concentravam-se cheiros de detergente, cloro, ervas e algo mais que lhe parecia indefinível.

Atravessaram juntas o quintal, agachando-se como patos para não tocar na roupa limpa pendurada. Depois, a bruxa começou a forçar uma porta de madeira inchada e visivelmente podre, até que conseguiu abri-la. Voltou a caminhar e Julia foi atrás dela. Ao cruzar o limiar, a esperava um pomar bastante descuidado onde identificou uma amoreira coberta de teias de aranha e poeira, um limoeiro com frutos de uma cor suspeita e um pessegueiro que parecia decrépito, além de outras árvores que não soube reconhecer. Havia ervas muito altas e um oceano de ervas daninhas. Teve medo de encontrar uma víbora ou um escorpião no caminho, mas, fora alguns gafanhotos que pularam à sua frente, não viu nenhum bicho perigoso. Outro bom sinal, pensou com otimismo. No fundo havia um quarto de madeira velha coberto por trepadeiras, um telhado de chapa e uma porta meio caída.

— É meu escritório — disse a mulher como se isso a orgulhasse. Assim que entraram, ela tirou um isqueiro do avental e, com destreza, acendeu várias velas que descansavam em prateleiras. Apontou para uma mesa longa, como aquelas que às vezes há nos parques para piqueniques, e ordenou:

— Fique nua e deite-se de costas. Ali está o cabideiro para a sua roupa.

O cabideiro era uma cabeça de veado que emergia de uma das paredes. Julia pendurou primeiro sua bolsa, por medo de que alguém a roubasse e, sobre ela, colocou a blusa, a calça, a calcinha e o sutiã, nessa ordem.

— Posso ficar de meia?

— Claro, não queremos que você se resfrie justo agora que vai engravidar — respondeu com um tom que ela não soube discernir se era de sarcasmo ou não.

Deitou-se sobre a mesa dura e coberta com um plástico grosso. Fechou os olhos e não quis imaginar que outras coisas ou que tipo de gente tinha estado sobre a mesma superfície e que tipo de desinfetante usaria a mulher, se é que já tinha limpado aquela lona alguma vez na vida. Julia decidiu manter os olhos abertos para vigiar sua bolsa, e começou a observar a decoração enquanto a bruxa se esforçava para fazer algo de costas para ela. Se por fora o escritório não era mais do que um quartinho de madeira podre perdendo a batalha contra as intempéries, por dentro dava a impressão de não estar em total decadência, pelo menos ainda não. Havia uma efígie da Santa Morte sobre um altar de pedra, ramos de diversas ervas colados à parede, crânios de pequenos animais alinhados sobre outra prateleira, vários recipientes com sabe-se lá o quê dentro e uma jaula com um corvo vivo que olhava para Julia de maneira perturbadora e direta. Sobre uma espécie de barra de cimento, ela conseguiu distinguir uma panela velha sobre uma grelha rústica. Algo fervia dentro, pois as borbulhas foram de repente o único som na sala até que o corvo soltou um grasnido que fez Julia apertar o esfíncter aterrorizada. Nesse momento, ela pensou que não deveria ter ido, mas seu caráter inseguro a impedia de se levantar, pegar suas roupas e dizer assertivamente àquela mulher que tinha pensado melhor e que não, não queria engravidar usando feitiçaria. Apesar de os pensamentos girarem rapidamente em seu cérebro, o corpo de Julia permaneceu impávido, como sempre que era presa em sua própria covardia. Um cheiro impossível de identificar se dissipava através do vapor. Embora tenha coberto o nariz com o dorso da mão, aquilo estava em todo o quarto.

Começou a se sentir sonolenta e o resto do que aconteceu mais adiante no ritual ela perceberia entre sonhos, como se estivesse acontecendo com outra pessoa. Em algum momento, percebeu que a bruxa arrancou algumas penas do corvo, que se queixou do ataque de maneira consistente; ela ouviu como se estivesse muito longe dali. Em pouco tempo sentiu umas mãos tocando seu ventre e sua virilha com uma substância viscosa. Deve ser o que estava cozinhando na panela, pensou, e quis abrir a boca, mas era como se estivesse cheia de algodão. Sentiu que uma mão, ou alguns dedos, ou algo se introduziu rapidamente em sua vagina e antes que pudesse processar a sensação, a massagem voltou a se concentrar em seu ventre. Agora a mulher passava as penas sobre o corpo de Julia, percorrendo-o dos pés à cabeça; no início sentiu cócegas, mas após alguns segundos a sensação mudou abruptamente. Contra a sua vontade, seus mamilos se endureceram e um calor intenso que surgia de sua vulva a lembrou da última vez que tinha feito sexo: quatro anos. Não deu tempo de sentir pena de si mesma porque estava prestes a estremecer em um orgasmo, quando o estímulo cessou quase de repente.

Agora sentia o que poderia assegurar ser um ovo que acariciava seu rosto para depois descer pelo seu pescoço, contornando seus seios, até parar para dar voltas ao redor do umbigo enquanto a bruxa pronunciava palavras em um idioma desconhecido, mas com uma cadência regular, como um cavalo a galope. O efeito era quase hipnotizante. Em certo momento, a mulher quebrou o ovo e o derramou sobre o ventre de Julia, depois começou a amassá-lo junto com as penas e a gelatina que despejou da panela. Quando terminou, derramou sobre a mistura um pouco de cera quente e acrescentou alguns pós que tirou de um recipiente dos altares. Continuou amassando um pouco mais até que obteve uma bola escura e pestilenta. Julia teve vontade de protestar, mas percebeu que havia perdido sua força junto com a capacidade de falar e de se mover. Curiosamente, em vez de se apavorar com a descoberta da invalidez e total vulnerabilidade, mergulhou em um torpor como se tivesse fumado um cigarrão de maconha.

A bruxa, enquanto isso, continuava com suas entonações; pousou a mão sobre a testa de Julia, como se quisesse mantê-la imóvel. Aquela palma sobre sua pele estava tão quente que doía. Desta vez abriu a boca para gritar e conseguiu soltar um gemido doloroso. A mulher pegou aquela maçaroca em forma de bola e a dividiu em duas partes menores. Ela as estava compactando por um tempo como se estivesse preparando almôndegas. Quando terminou, uma das bolas tinha o diâmetro de uns dois centímetros e a outra, menor, como a metade disso. Enquanto murmurava palavras estranhas com o mesmo ritmo com que as católicas cansadas rezam o Rosário, a mulher pegou a mandíbula de Julia e a apertou para que abrisse a boca; sem dizer nada, introduziu a bolinha menor e a obrigou a engoli-la, assim como os veterinários fazem com os cães teimosos. Depois pegou a maior e a introduziu pela vagina de Julia; a empurrou com os dedos o mais fundo possível. Não a machucou: aquilo se sentia viscoso, úmido, assim como os dedos da mulher. Quando a massa tocou o colo do útero de Julia, a bruxa retirou a mão e deu a volta para se lavar sob a torneira.

— Já pode se vestir — disse. A única coisa que Julia conseguia ver de onde estava eram as costas carnudas da mulher inclinada sobre a pia.

— O que foi que você me enfiou? — perguntou sem se atrever a nomear as partes do próprio corpo. — Preciso tirar isso em casa? Vou vomitar?

A outra se virou, colocou as mãos na cintura e falou como uma professora que está prestes a perder a paciência:

— Amanhã, quando for ao banheiro, tudo o que tiver que sair sairá de forma natural — disse enquanto arrumava algo em um dos altares. — Não fume, não beba álcool, não carregue coisas pesadas e espere duas semanas, sem fazer grandes esforços. Nada de exercício extenuante. Então vai e faz um teste de gravidez, desses de sangue, nada das bobagens que vendem nas farmácias para urinar em um palito; se der positivo, aqui te espero para cobrir meus honorários.

Isso respondia à próxima pergunta que pensava em fazer: o pagamento pelos serviços. Pareceu-lhe bem que não cobrasse a menos que houvesse resultados, pensou. Ela a observou lavar a panela com frenesi, fazendo um grande estardalhaço. A bruxa voltou a falar:

— Não dou recibo nem fatura. Meu trabalho está garantido. Se o teste der negativo, você não me deve nada. Se der positivo e você não me pagar, não é uma ameaça, mas nada bom pode acontecer a quem tenta se aproveitar de uma feiticeira.

Julia terminou de se vestir em silêncio. Sentia-se estranha de uma maneira que não conhecia: não doente de todo, mas definitivamente não era uma sensação de bem-estar ou de normalidade. Uma pergunta coçava a ponta de sua língua. "É agora ou nunca", pensou. Finalmente se atreveu a fazê-la.

— Tenho que fazer sexo com alguém? — disse angustiada, relembrando os homens que conhecia. Poderia recorrer a algum deles, mas só se isso fosse um requisito para conseguir engravidar.

— Se quiser, mas será por gosto, não é que precise. Se com sexo normal você pudesse engravidar, não teria recorrido a mim, certo? Vejo você em duas semanas — disse saindo do quartinho de madeira e desfazendo o caminho que percorreram antes. Ela se apressou em segui-la. Quando chegaram à entrada da casa, a mulher se afastou para deixar Julia sair para a rua que se iluminava. O ar fresco foi um alívio. Quando se virou para se despedir, a bruxa já havia fechado a porta e Julia pôde ouvir que ela estava colocando o cadeado. Nesse momento, percebeu que nunca lhe perguntou como se chamava. De qualquer forma, não importava.

Voltou para casa e dormiu o resto do dia, como se tivesse tomado um frasco inteiro de comprimidos. Teve um sonho branco, frio, no qual não havia nada além do canto de um pássaro.

*

Na manhã seguinte, Julia abriu os olhos e a primeira coisa que registrou foi um intenso apetite sexual. Antes do café da manhã e de seus biscoitos favoritos, seu corpo pediu sexo. Nem sequer se lembrou do inquietante sonho da noite passada; apenas percebia aquela pulsação morna entre as pernas. "É uma maldita ninfomaníaca", disse a si mesma enquanto se levantava para ir ao banheiro. Já vestida e forçando-se a tomar o café da manhã, ouviu um assobio ritmado e o som de uma vassoura em plena ação. Espiou pelo olho mágico da sua porta: o homem do apartamento em frente ao seu varria o corredor. Jonathan Noel. Lembrou-se do nome dele de uma reunião de vizinhos há alguns anos, quando ela tinha acabado de se mudar para o prédio. O nome do vizinho ficou marcado não só porque soava a Papai Noel, mas porque ele era estrangeiro, loiro, alemão, bastante bonito, tímido e exigente com a higiene. Ao contrário dos outros vizinhos que reclamavam de absolutamente tudo e costumavam se comportar de maneira estúpida e intransigente, ele se limitou a mencionar sua aversão às aves, em particular às pombas. Disse para saciar a curiosidade caso alguém o visse espantando-as com a vassoura a qualquer hora do dia. Não era sua intenção machucá-las, explicou, só queria que fossem embora. Não as tolerava. A ela causou ternura aquela inocência que arrastam os estrangeiros de primeiro mundo quando chegam ao México e acreditam que os direitos dos animais significam alguma coisa em um país onde nem os humanos importam.

Em qualquer caso, sentiu-se tentada a tocar à sua porta, a poucos passos, apenas cruzando o corredor, dois metros no máximo, e propor-lhe sexo: nenhuma exigência ou exotismo, apenas o tempo necessário para que ela chegasse a um orgasmo e depois ele, como seria justo em uma troca dessa natureza. No entanto, a tentação teria que permanecer nessa jaula sem escape das fantasias, pois Julia não tinha nem o corpo de uma *femme fatale*, nem a atitude nem a coragem para pedir algo assim. O alemão lhe fecharia a porta na cara, pensando que ela era uma qualquer e, provavelmente, mencionaria o incidente na próxima reunião de vizinhos. Péssima ideia. Julia suspirou. Foi até seu quarto para preparar o necessário para se masturbar quando um ataque de náuseas a obrigou a correr para o banheiro e abraçar a privada. Sua libido durou até aí, nada mais.

Uma semana depois, um exame de sangue confirmou sua gravidez. Com o resultado do laboratório no banco do passageiro, ela se viu dirigindo diligentemente até a casa da bruxa para pagar o preço combinado. Sua melhor amiga, a quem não via há muito tempo, mas com quem falava várias vezes por semana, havia advertido que as feiticeiras, por mais que se autodenominassem brancas e fizessem trabalhos apenas por uma suposta boa causa, recebiam seus poderes de Satanás, e o diabo sempre jogava sujo. "Não vá, Julia", tinha pedido sua amiga pelo telefone. O diabo sempre cobra suas dívidas com juros. Os mais altos do mercado. Obviamente, não deu ouvidos à amiga, excessivamente crente e paranoica. Depois de um tempo dando voltas pelo quarteirão, finalmente encontrou um lugar para estacionar a poucos passos do seu destino. Quando a mulher gorda abriu a porta metálica, Julia lhe entregou um envelope com o dinheiro, pois ela não aceitava cartões, cheques ou transferências, como a feliz sonegadora de impostos que era. Julia tinha pensado que a bruxa faria alguma pergunta sobre sua gravidez ou que pelo menos mostraria certa alegria ao ver que seu feitiço havia deixado uma cliente satisfeita, mas, ao que parecia, não possuía qualquer vocação de serviço. Não gesticulou nem meio sorriso nem lhe fez nenhuma pergunta de cortesia. Limitou-se a olhá-la com uma intensidade que a incomodou e a contar o dinheiro com a mesma seriedade de uma pedra, antes de fechar-lhe a porta na cara.

Em qualquer outro dia, algo assim a teria deprimido extremamente, mas a gravidez a deixava feliz, radiante, e com a pele mais lisa que jamais tivera. Passou o período de náuseas e sono com o estoicismo de quem acredita em um futuro melhor e, à medida que sua barriga crescia com o passar dos meses, começou o que poderia ser chamado de uma relação cordial com o vizinho que odiava as pombas.

Com a doçura que costumam — às vezes — ter as rotinas, Julia se acostumou a ler na sala, cuja janela dava para o corredor que unia seu apartamento ao de Jonathan Noel. Quase sempre à mesma hora, — quem diria que as pombas podiam ser tão pontuais e persistentes para incomodar —, podia ouvir o gorjeio no corredor que desembocava em uma grade que dava para o final do prédio. Logo se ouvia o som da porta do vizinho se abrindo e depois sua voz espantando as aves com um *shu-shú* grave e varonil, ajudado, claro, pela vassoura. Naquele momento a cafeteira italiana já havia terminado de borbulhar sobre o fogão, então ela abria a porta e surpreendia o vizinho em flagrante no seu assédio aviário. Ele não tardava em se desculpar com seu marcado sotaque alemão, dizendo-lhe que não podia tolerar esses pássaros. Julia lhe assegurava que o entendia, que não se preocupasse. Tinha acabado de preparar café; não gostaria de uma xícara? Ele respondia que não queria se impor; ela replicava que seria bom ter companhia para variar. Então Jonathan Noel entrava no apartamento de Julia, sentava-se no banco da barra da cozinha e, enquanto ela lhe trazia o açúcar e o leite, conversavam.

Na primeira vez dessa rotina do café, ele havia compartilhado com ela, em um momento de vulnerabilidade, que só após vários anos de terapia reunira coragem para enfrentar as pombas e espantá-las. Antes, ele confessou, "se havia uma pomba em frente à minha casa, eu não conseguia entrar. Eu passava a noite em um hotel ou na casa de um amigo. Uma coisa de pânico, terror", e assim dava por encerrado o assunto ao levar a xícara aos lábios. Essa foi a primeira vez; as seguintes aconteceram mais ou menos da mesma maneira, um roteiro que ambos gostavam de repetir.

— Que chatice são essas malditas pombas — começava ele.

— Li que são como ratos com asas, porque são uma verdadeira praga.

— Tem toda a razão, vizinha — Sorria limpando os lábios com o guardanapo. — A propósito, este café é uma verdadeira delícia.

— Para um verdadeiro cavalheiro, Jonathan — respondia Julia, sem se atrever a tratá-lo informalmente.

— Nada, nada, é só a educação que recebemos os alemães — dizia olhando discretamente para o seu relógio de pulso. — E como vai a gravidez, querida?

— Agora que pergunta, a verdade é que estou com fome o tempo todo.

— Coma, coma, deve dar ao corpo o que pedir.

Julia mordia os lábios de forma provocante, pensando nas noites em que os hormônios a faziam se revirar na cama como um peixe fora d'água, desejando que alguém, qualquer um, viesse aliviar esses anseios.

— Meu corpo pede tantas coisas, vizinho, mas de todos os seus requerimentos, acho que só posso saciar o da comida.

Mais direta não podia ser. E justo então, Jonathan pigarreava desconfortável e terminava o café. A lisava as calças e endireitava as costas, que já eram retas, antes de falar:

— Olhe a hora, pelo amor de Deus. O tempo voou — dizia levantando-se. — Devo ir regar minhas plantas. Com sua permissão, vizinha, e muito obrigado.

Em apenas alguns segundos já estava em frente à pia lavando com profissionalismo e rapidez as duas xícaras, as colherinhas, o prato de biscoitos e a cafeteira, agradecia novamente com uma leve reverência e voltava a cruzar o corredor que os separava para se trancar em sua casa.

Nada romântico, nada promissor, mas boa companhia em seu mundo solitário. As visitas do vizinho continuaram até o dia em que ela começou a experimentar uma sensação estranha no estômago. Perguntou-se se aquilo não seria um efeito adverso do excesso de cafeína no corpo. O médico lhe dissera que o café não estava proibido se ela prometesse tomá-lo com moderação.

Não lhe ocorreu que sua gravidez estava prestes a chegar ao fim; na verdade, ela não contava os dias e sua barriga ainda era muito pequena. Foi só quando Jonathan Noel viu a mancha úmida sobre o tapete que entenderam o que estava acontecendo. E, como se tivesse experiência nesse tipo de coisa, o alemão deixou sua xícara cuidadosamente sobre a mesa, limpou a boca com o guardanapo e ordenou que ela pegasse o que precisasse e avisasse quem tivesse que avisar; ele buscaria as chaves de seu carro para levá-la ao hospital.

*

Não foi um daqueles partos longos e dolorosos como costumam ser os das mães de primeira viagem. A bebê era tão diminuta que o processo foi rápido e indolor, talvez comparável à dor das cólicas menstruais severas ou das cólicas por infecção estomacal. A enfermeira colocou um pequeno fardo em seus braços e saiu rapidamente do quarto, como se não quisesse estar ali mais tempo do que o necessário. Está muito coberta, pensou Julia enquanto destapava o pacotinho para conhecer o rosto de sua filha.

Não esperava aquilo.

Apesar de que todas as mães têm pesadelos com ter um filho deformado. Não, aquilo não era o que esperava.

Um pássaro, parecia um pássaro recém-saído do ovo, rosado e sem penas, com um nariz afiadíssimo e enorme que lhe dava o ar de um bico. Os olhinhos escuros e saltitantes tinham umas pálpebras estranhas; notou a ausência total de orelhas, exceto por uns buracos pelos quais supôs que o som deveria entrar. Julia ficou sem palavras: levantou a cabeça procurando a enfermeira para pedir uma explicação, mas esta, certamente, tinha ido embora bem a tempo.

O bebê não se prendia ao seu peito; foi só mais tarde que outra enfermeira conseguiu uma bomba de leite e um conta-gotas para alimentá-lo. Apesar da tecnologia e da boa vontade, quase todo o leite escorria pelos cantos da estranha boca de sua filha. Os gritos desesperados indicavam que nada estava chegando ao seu estômago, mas a mulher de branco tinha a mesma atitude das meninas que brincam de chá e bebem da xícara vazia como se fosse o Earl Grey mais delicioso.

— Você não sabe a quantidade de criaturinhas que nascem aqui com algum detalhe — disse parando na porta e olhando-a sobre seu próprio ombro. — Não se sinta mal, senhora. Pelo menos a menina está viva.

No dia seguinte, um médico suspeitosamente jovem se postou ao lado da cama de Julia para falar com ela. Disse-lhe que queria falar sobre a malformação que tinha a Passarinha, como o pessoal do hospital havia começado a chamá-la desde que a viram no berço.

— Eu não sou especialista em genética — começou dizendo —, mas está mais do que claro que se trata de algum tipo de nanismo pouco comum e, com certeza, a julgar pelo tamanho do crânio, terá algum grau de atraso mental. — O médico se deslocou pela sala com as mãos entrelaçadas sobre as nádegas, como ponderando algo importante. — Desculpe, quis dizer, algum tipo de deficiência intelectual.

O homem tentou não olhar os olhos marejados de sua paciente e continuou falando. Informou-lhe que havia a opção de gastar uma fortuna em um diagnóstico preciso do tipo de anomalia genética da filha, um luxo mais do que tudo, refletiu, pois saber o nome científico do que afligia sua prole, uma palavra em latim apenas, não mudaria a realidade de que sua filha seria uma criatura com limitações e com uma vida, com certeza, mais breve do que a das outras crianças normais, mas com a mesma necessidade de ser amada e cuidada pela mãe.

— Aproveite-a o máximo que puder — concluiu.

Antes de dar-lhe a oportunidade de fazer as perguntas que pairavam na solidão de sua cabeça, o médico já havia saído do quarto. Em pouco tempo entrou uma enfermeira para ajudar Julia a se vestir porque já tinha recebido alta e não podia permanecer mais tempo no hospital. As camas de maternidade estavam sempre em demanda. Então voltou para seu apartamento com a menina nos braços, cheia de conselhos de enfermeiras, amigos, familiares e desconhecidos que de alguma forma tinham todas as respostas e soluções para seu problema. Sua mãe a ajudou durante a primeira semana, com uma atitude amorosa, mas resignada. O fato de ela não comentar quase nada sobre a aparência de sua neta fazia com que seus defeitos fossem ainda mais notórios. Durante a segunda semana, sua melhor amiga substituiu sua mãe nos cuidados, que voltou na terceira, e a amiga na quarta. Um mês inteiro de ajuda: deveria se considerar privilegiada e contar suas bênçãos.

Se uma maternidade normal gerava medos constantes entre as mães novatas, um bebê especial supunha um terror absoluto e uma insegurança constante. Apesar de tudo, Emma, como a registrou finalmente no registro civil com os dois sobrenomes de Julia, acabou sendo uma menina muito mais passiva e boa para dormir. Ao longo do dia, ela contemplava sua mãe com seus olhinhos pequenos que pareciam estar cheios de sabedoria, e se entretinha olhando as coisas no quarto; pontualmente, mal o sol se punha, a criança começava a dar cabeçadas de sono.

Depois desse primeiro mês, foram elas duas contra o mundo: Julia e sua Passarinha. Pela primeira vez desde a saída do hospital, decidiu levar sua filha para passear: acomodou-a no carrinho e a cobriu quase completamente com uma mantinha, deixando apenas um espaço para que o bebê pudesse ver o céu, as árvores, os edifícios ou os rostos dos transeuntes que se aproximavam e sorriam como devem fazer diante de qualquer carrinho. Preferia levá-la coberta, não porque se envergonhasse dela, mas porque sabia que não poderia tolerar as atitudes dos outros. Tinha certeza de que, se outras pessoas pudessem vê-la, tal como era, viriam os sorrisos forçados, os gestos de nojo ou, pior, de pena, e as perguntas estúpidas diante do óbvio.

— Boa tarde, vizinha — cumprimentou-a Jonathan Noel quando ela lutava contra a porta para tirar o carrinho para o corredor. Desde o dia em que a bolsa rompeu na sua presença, uma espécie de pudor havia se apoderado dele, como se essa faceta biológica de Julia tivesse diminuído os pontos de sua relação platônica. Ela já suspeitava que o alemão passava longos períodos espionando-a atrás da cortina e só quando tinha certeza de que não havia possibilidade de encontrá-la se aventurava a sair para o supermercado, para o escritório ou para dar uma de suas longas caminhadas. Mas algo falhou na logística dele; afinal, ela também tinha suas rotinas e foi a primeira vez que acrescentou um passeio de carrinho com a bebê, então ambos agora se viam obrigados a se cumprimentar mutuamente. E mais do que isso, ele tinha que pedir que ela lhe mostrasse o bebê e balbuciar algumas palavras amáveis e hipócritas, como é de praxe nesses casos. Julia também preferia não o ter encontrado pelo mesmo motivo. Na verdade, desde que Emma nasceu ela não queria ver ninguém; um sentimento escuro e denso a obrigava a se isolar. Havia fantasiado inúmeras vezes com se trancar e abandonar tudo, deixar que alguém encontrasse seu cadáver mumificado junto ao da bebê passarinho; a causa da morte dela seria algum veneno e, a da menina, inanição. Mas a vida obriga a viver, se acaso para se livrar de sua própria mãe, que a chamava diariamente para saber como tudo ia e, de vez em quando, aparecia sem avisar, talvez suspeitando o que havia na mente de sua filha.

Julia respondeu à saudação com um sorriso e uma tímida inclinação de cabeça. Jonathan Noel se aproximou e, dirigindo sua mão para o cobertor, disse: "posso?" e, sem esperar uma resposta afirmativa, puxou o cobertorzinho rosa certamente esperando encontrar um bebê comum. Junto com a manta subiu um aroma de talco que se espalhou pelo ambiente. Julia estudou o rosto de seu vizinho para vê-lo registrar primeiro a surpresa, depois o desgosto e, por fim, a neutralidade forçada, tudo em uma fração de segundo.

Mas a reação do homem foi totalmente diferente da dos outros: soltou o pano como se tivesse visto uma cobra enrolada prestes a atacar. O homem fez um barulho estranho com a garganta, ficou pálido e, sem dizer mais nada, voltou para dentro de sua casa rapidamente e bateu a porta. "Grosseiro", pensou Julia. "Esse nazista vagabundo não tomará outra vez meu café colombiano." Com aquele incidente aprendeu a não voltar a sair com a menina ou, se tivesse que fazê-lo, sem precisar mostrá-la a ninguém. Que dissessem que ela era uma histérica, afinal, considerando tudo mais, ela não se importava mais com isso.

✷

Emma era diferente dos outros bebês, sim, mas foi uma questão de encontrar seu modo especial para que ela ficasse satisfeita. Era preciso aceitar as mudanças e entendê-las e nunca esquecer que, com essa criaturinha, nada era permanente. Por exemplo, Julia percebeu imediatamente que Emma não conseguia dormir no berço. Ou era em seus braços, ou era no ninho que ela confeccionou com lã grossa e algodão. Pouco depois, descobriu uma estranha penugem fina no ninho e, em pouco tempo, fez a conexão: os pelos do corpo do bebê estavam se transformando naquela penugem, o prelúdio de uma plumagem que viria. O nariz comprido cada dia mais parecia um bico; a textura parecia diferente do restante da pele, mais sólida, enquanto as narinas tinham desaparecido quase completamente. Ela verificava esses detalhes em silêncio, jamais em voz alta, mesmo estando sozinha, não porque acreditava que falar consigo mesma era coisa de loucos, mas porque enunciá-lo em palavras, que saíssem de sua própria garganta, seria admitir que, mais do que uma deformidade genética e um atraso, sua filha tinha algo mais.

Correção: Emma *era* algo mais. Não qualquer coisa a mais, mas uma ave humanoide que, à medida que o tempo passava, ia se transformando mais no primeiro e menos no segundo.

Pela primeira vez em quem sabe quanto tempo, a vida chata e monótona de Julia, na qual trabalhava em casa para o serviço de atendimento ao cliente de uma companhia de eletrônicos, lhe pareceu ideal. Suas saídas para o mundo exterior tornaram-se esporádicas, quase raras, considerando que em sua região havia bons serviços de entrega a domicílio de supermercados, farmácias e restaurantes de todo tipo. Para a família, sempre havia desculpas; e mesmo aqueles que realmente sabiam do problema talvez no fundo agradecessem por não terem que ver a Passarinha com frequência e fingir que ela era muito *simpática*. Os amigos, se você não os procura, acabam se afastando e se esquecendo de você. Cada um com a sua vida. E o pediatra? Ninguém precisava dele realmente. Julia pensou que Emma estaria com ela enquanto Deus assim o quisesse. Nem um dia a mais, nem um dia a menos. Além disso, isolada do mundo e sob os cuidados de uma mãe, de que poderia se contagiar? Assumia, inclusive, que sua menina era imune às doenças que afligiam os bebês humanos. Por que não, se a cada dia ela era um pouco mais pássaro?

Com o tempo, a criatura cresceu em idade e um pouco em tamanho, mas continuava sendo diminuta: não passava de cinquenta centímetros. Aprendeu a andar passado o primeiro ano, balançando-se como uma galinha e, embora parecesse instável, fora algumas quedas no início, conseguiu se deslocar de um lugar para outro sem problema. Através do método tentativa e erro, Julia foi encontrando as múltiplas formas de cobrir suas necessidades. Não foi tão complicado: o que era bom para um pássaro médio era bom para o bebê. De fato, já era difícil pensar nela como uma criança. Não demorou a perceber que as minhocas dos vasos — benditos vasos — e o alpiste eram suas duas comidas favoritas. Às vezes aceitava um pouco de fruta, até mesmo as sementes, e pedaços de pão ou tortilha. Usava fraldas que precisavam ser trocadas regularmente, mas seu excremento era cinza esbranquiçado, parecido com o que os pássaros deixam nos carros estacionados debaixo de uma árvore. Em cada aniversário, Julia cozinhava um pequeno bolo, desses instantâneos, de caixinha, e de cobertura fazia o desenho de um pintinho com seus utensílios de confeiteira. Invariavelmente, Emma destroçava o bolo com seu bico e o comia ao longo de vários dias.

A partir dos três anos, tanto a mãe quanto a filha experimentaram uma espécie de trégua, um oásis de independência em que Julia podia tirar uma soneca, ver um filme ou terminar sua jornada de trabalho sem interrupções, desde que cuidasse da alimentação de Emma e respeitasse sua hora de dormir. A Passarinha parecia desfrutar de sua solidão também, e passava grande parte do dia cochilando em seu ninho, escavando nos vasos de plantas em busca de minhocas ou sentada no pequeno balcão da sala de onde se podiam ver os outros prédios de apartamentos, parte de uma colina incrustada com casas coloridas, árvores, e a movimentação dos carros lá embaixo como formigas apressadas. Também via as aves que cruzavam o céu e grasnavam para ela. Movia seus pequenos braços cobertos de penugem quando os pardais descansavam sobre os fios de luz ou quando as andorinhas voavam em esquadrão direto para seus ninhos debaixo de outras varandas. Na época das chuvas, bandos de patos passavam e, ao entardecer, as aracuãs faziam um escândalo com suas penas escuras antes de irem dormir na copa das árvores. Claro que também havia as pombas, com aquele "coo-coo" que enlouquecia Jonathan Noel e o fazia sair imediatamente com a vassoura, como um cuco enlouquecido à meia-noite.

Aquela convivência funcionava bem para ambas e, embora não fosse aquilo com o que Julia havia sonhado desde que se obcecara com a ideia de engravidar e ter um filho, pelo menos era melhor do que a solidão absoluta. Também parou de sentir que não era boa para nada, nem mesmo para a ação mais básica à vida no mundo: reproduzir-se antes de morrer. Já cumprido com o imperativo biológico, agora poderia morrer em paz e se tornar matéria orgânica com ínfulas espirituais. Julia deixou para trás todo seu passado de frustrações por conta da infertilidade, todo o desfile de homens que passaram por sua vida, os relacionamentos fracassados e, até mesmo, a história da visita à bruxa. Aquele passado mal lhe parecia familiar: sentia-se mais como se fosse parte da vida de outra pessoa.

Nesse dia, quando terminou seu turno de trabalho às quatro da tarde, bebeu uma garrafa inteira de vinho enquanto assistia a um filme romântico e abria sementes de abóbora com os dentes. Sabe-se lá por qual razão, pela primeira vez em muitos anos, sentiu falta de ter um parceiro e ser beijada como a atriz que via na telinha. Antes de cair no sopor etílico e render-se ao torpor do calor do fim de tarde, conseguiu ouvir o barulho das pombas no corredor e Emma imitando-as da varanda. Ultimamente, ela tinha se dedicado a imitar o som das diferentes aves e era preciso reconhecer que mostrava uma grande maestria nisso. Julia se questionava se, mais do que uma imitação, não seria um desejo de se comunicar com elas em seu próprio idioma.

Acordou na escuridão total, exceto pela tela na qual brilhava um filme de dinossauros e pessoas vestidas com gorros e coletes cáqui fugindo deles. Há quanto tempo estava dormindo? Não importava, de qualquer forma, já era noite e uma dor profunda se fez sentir em cheio no crânio de Julia. Limpou a crosta do olho pegajoso, desligou a televisão e aguçou o ouvido: não conseguiu ouvir os sons habituais da sua filha. Um silêncio ominoso se espalhava pelo apartamento; mal se ouvia o barulho do tráfego à distância e alguns cães latindo. Levantou-se repetindo o nome de Emma com uma entonação interrogativa, e a procurou perto dos vasos de plantas, no ninho em seu quarto, na banheira do banheiro, nos armários e até debaixo da mesa da cozinha, onde às vezes ela gostava de se esconder.

— Emma? — chamou várias vezes. — Filhinha, filhinha, onde você está?

Nada.

Revisou o relógio em forma de sol em uma das paredes da cozinha: eram três da manhã. Como era possível que ainda não a tivesse encontrado? Tinha que continuar procurando.

Faltou a varanda, claro: lá estava ela na última vez que a viu. Talvez ela também tivesse adormecido? Embora, rigorosamente falando, não devesse estar lá a essas horas, pois, apesar de se mover com familiaridade e destreza por toda a casa, a varanda era um lugar escuro onde ela não gostava de estar depois do entardecer. De qualquer forma, Julia teria que verificar: era o único lugar onde ela não tinha procurado. Como se tivesse um mau pressentimento, alongou o máximo que pôde os minutos antes de fazê-lo. Foi ao banheiro, urinou com a porta aberta, lavou as mãos e depois o rosto, e vestiu um roupão porque já estava frio. Quando não lhe ocorreu mais nada para fazer, dirigiu-se à varanda.

O que viu foi o que as mães de crianças normais jamais gostariam de ver, o material de todo pesadelo materno. Por outro lado, aquela imagem era o que os pais de algumas crianças não tão normais desejam em segredo, na parte mais interior e profunda de seu ser, naquele lugar tão escuro onde às vezes nem Deus se atreve a aparecer. Acontece durante um milésimo de segundo, essa ideia tão fugaz que mal dá tempo de se arrepender após tê-la tido, embora oficialmente o pensamento sombrio seja cortado pela raiz, antes de ter sido sequer colocado em palavras. Mesmo assim, o resultado é sentir-se o pior pai ou a pior mãe do mundo.

Assim aconteceu com Julia então.

Entre os cadáveres de umas dez pombas de plumagem cinza e colares verdes e violeta, estava o de sua filha. Abaixou-se para pegá-la nos braços e procurou um pulso naquele pescoço finíssimo que milagrosamente havia suportado sua cabeça até agora; sabia que não ia encontrá-lo, mas era preciso procurá-lo de qualquer forma. É o que se fazia nos livros de detetives e nas séries de televisão. O que quer que tivesse matado os pássaros também tinha levado Emma. Elementar, meu caro Watson, pensou sem querer, e naquele instante voltou a se sentir a pior mulher do planeta. Como se atrevia a brincar com isso?

A verdade era que também não sabia o que fazer. Julia ficou ali congelada, carregando o cadáver da Passarinha que mal pesava em seus braços. O que se fazia em um caso como esse? Qual é o protocolo? Emma, nascida do feitiço de uma bruxa fraudulenta e amarga, sem um pai oficial, deformada, inumana e, agora, morta, o que fazer? Para fins práticos, Julia estava há três anos isolada do mundo, reclusa com a Passarinha em seu apartamento: a família e os poucos amigos já haviam se resignado em saber que ela continuava existindo, embora não pudessem vê-la. Supunha-se que agora saísse de casa com aquele corpinho inerte para buscar uma certidão de óbito? Haveria perguntas, exigiriam uma explicação, não só quanto ao aspecto da menina, mas à causa da sua morte. E se fizessem uma autópsia e a acusassem de negligência? Afinal, ela estava mergulhada em um sono alcoólico quando a tragédia aconteceu.

Não, não sairia. Tomou a decisão naquele instante.

Levou Emma para sua cama-ninho, inclinou-se para deitá-la com cuidado e fechou aquelas pálpebras tão iguais às do periquito que sua avó tivera durante anos. Endireitou-se e, da sua altura de mulher normal, contemplou-a por vários minutos tentando identificar o que sentia, mas não conseguiu dar nome à emoção. Não era alívio, não era dor, não era culpa, não era resignação, não era nostalgia, não era frustração, mas algo impreciso, talvez jamais nomeado, como quando um prato sujo com molho se mistura a algum outro líquido indefinido na pia cheia de louças.

Não saberia dizer em que momento voltou a adormecer. Despertou sobre o tapete do quarto de Emma, encolhida junto ao ninho e ao cadáver. Levantou-se e caminhou até a cozinha para preparar um café. O mundo deve continuar, pensou, e a melhor maneira de saber disso é a adição à cafeína batendo no cérebro, sem se importar com mais nada. Parou em frente à porta do apartamento porque viu um papel que alguém havia deslizado por baixo. As pernas dela estalaram quando se agachou para pegá-lo: era uma fotocópia de algum original escrito em computador com letra muito pequena e espaço simples. Nela, informava-se que os vizinhos convocavam a uma assembleia naquela mesma tarde na área verde que compartilhavam os vários prédios de apartamentos, num espaço do terreno onde havia uma mesa de cimento, uma churrasqueira e vários brinquedos infantis. Continuou lendo. A reunião era de caráter urgente: alguém havia lançado alpiste envenenado em várias áreas dos condomínios, provavelmente com o objetivo de eliminar a praga de pombas, segundo a queixa apresentada semanas antes pelo inquilino Jonathan Noel do número 405 do edifício C, exigindo que se tomassem providências. No entanto, o alpiste havia afetado todo tipo de aves, até mesmo canários dentro de gaiolas, propriedade de uma vizinha do primeiro andar do edifício A, o que seria inexplicável a menos que a intenção fosse eliminar toda e qualquer ave sem distinção. O número de cadáveres era exorbitante e, se não houvesse cooperação entre os vizinhos, eles não desapareceriam por arte mágica...

Sentada no banco em frente ao balcão da cozinha, onde costumava sentar-se Jonathan Noel antes do nascimento de Emma, Julia continuou lendo enquanto bebia seu café. O vizinho em questão, aparentemente, havia desaparecido durante a noite, a julgar pelo testemunho de outro condômino que disse que estava fumando quando o viu sair com duas malas e entrar em seu carro. Coincidência? Favor assistir à reunião, exortava a carta no final. Seria discutido o problema dos pássaros, mas também temas como o da música depois das dez da noite, os dias da coleta de lixo, visitantes, vagas de estacionamento e o pagamento pontual da taxa de manutenção. "Por favor, apela-se ao civismo dos pagantes inadimplentes para se colocarem em dia ou serão expostos perante a comunidade. A falta de participação comunitária é a raiz de todos os problemas", condenava quem quer que tivesse escrito aquela carta. "Agradecemos a atenção."

Julia fez uma bola com o papel e a chutou com o pé, a qual voou até atingir um quadro que mostrava uma cesta de vime cheia de todo tipo de frutas. Não, claro que não iria àquela reunião estúpida, disse em voz alta e serviu-se de uma segunda xícara de café.

Blum

Não gosto desse seu tom

Caro é uma perdedora que já está há mais de quatro horas dentro da biblioteca. E ainda vão mais. Do lado de fora, outras estudantes se bronzeiam como pães em uma torradeira, seus corpos avermelhados e acastanhados, brilhantes pelo óleo que esfregam para ficarem mais bronzeadas. Não se preocupam com o câncer nem com os exames finais: só querem aproveitar ao máximo os últimos dias ensolarados antes do inverno. Caro sente uma pontada de inveja e desvia o olhar da janela. Aquelas garotas não têm uma bolsa da qual depende a possibilidade de ter uma carreira universitária. Também não precisam trabalhar meio período para se manterem precariamente e pagarem o dormitório econômico para bolsistas, a maioria internacionais, onde os próprios estudantes se encarregam da limpeza e da preparação de seus alimentos. Suspira fechando os olhos: a vida era muito mais simples quando era criança.

Carito despejou cola branca nas asas da mariposa negra. Seu dedo infantil era mais fino que o corpo peludo do animal que segurava contra a mesa e que se contorcia lutando por sua vida. Teve dificuldade no início, mas Carito conseguiu banhar as asas com a substância branca que mais tarde ficaria transparente. Depois pousou o inseto sobre uma folha de papel onde havia desenhado borboletas coloridas e flores de vários tipos. As pesadas asas já não podiam se mover e o animal se rendeu. *Mariposa agonizante sobre a paisagem da primavera*. Técnica de cera e sujeito vivo. Mais tarde, sua mãe gritaria com ela segurando-a pelos ombros para sacudi-la. Carito aguentaria estoicamente com as comissuras dos lábios apenas levantadas em uma expressão de mártir medieval.

A Caro do presente, isto é, a Caro jovem adulta, estremece. Sempre acontece com as possessões do diabo da memória. Não tem outra forma de se referir a elas: chegam de repente e tomam o controle de seus pensamentos para obrigá-la a reviver certas cenas de seu passado. Não acontece com outras lembranças, apenas com as que têm a ver com insetos. Uma vez, uma psicóloga explicou que era a forma como Caro lidava com o estresse: voltar à infância, especificamente àquele período de crueldade, quando não estava no controle. Como um deus. Todas as crianças já passaram pela fase de maltratar insetos, não? A confiança da mãe de Caro de que sua filha não era um monstro havia sido renovada com aquela sessão: não havia nada de errado com sua menina. Era normal. Ou quase.

E agora esta mulher quase normal está estressada pelos exames finais e pela pressão de manter a média necessária para conservar a bolsa de estudos. Talvez por isso lhe vem à memória aquela pobre mariposa que teve a infelicidade de cruzar o caminho da menina Carito. Não era a vida uma série de boas ou más coincidências de tempo e lugar? A Caro de vinte anos olha pela janela: um estudante passa rápido de skate seguido por um cachorro labrador que corre atrás dele. Mais adiante, sobre o jardim, outros dois, da espécie *all-American-boys* raiz, lançam entre si uma bola de futebol que gira como um pião no ar. A missão deles é simples: aproveitar o dia, o sol cada vez mais escasso no final do outono; extrair o máximo dos anos universitários, os mais divertidos, antes de mergulhar em suas vidas robóticas de adultos. Criam com esmero as memórias que mais tarde evocarão na velhice ou antes de contemplar o suicídio por não encontrarem mais sentido na vida cheia de solidão.

Caro suspira. Ela, em contrapartida, terá que se lembrar dos milhares de insetos, aracnídeos também, que sofreram com seu outro eu. E onde fica o amor? Os garotos lá fora, tão bonitos e genéricos, jamais se interessariam pela estudante internacional que não pertence à minoria certa e que nem mesmo é a melhor representante de sua etnia. As latinas só são *hot* se forem parecidas com Selena Gomez ou Jennifer Lopez, não com Caro e seus traços esquecíveis, seu cabelo escuro e crespo, um caso severo de acne e, para piorar, óculos muito grossos que não poderá trocar até voltar ao México, porque nos Estados Unidos custam uma fortuna. Lembra-se de ter lido em uma revista que a universidade é a etapa em que as mulheres têm a maior oportunidade de encontrar um parceiro. Depois da formatura, as estatísticas revelam que as probabilidades se tornam menos favoráveis e diminuem de maneira drástica com o passar do tempo, até se tornarem quase nulas. Fora do abrigo da escola, as regras do jogo são muito diferentes: só resta o âmbito laboral — onde ocorre a maioria das infidelidades que rompem casamentos —, embora poucos conheçam o amor de suas vidas no escritório. A outra opção são os lugares recreativos, praticar alguma disciplina artística, um clube de leitura, aulas de ioga, pilates ou o esporte da moda para moldar o corpo, cuja proporção mulher-homem costuma ser de um homem para dez mulheres. E quem quer compartilhar nessa altura da vida? Também entra na estatística a vida noturna, envolta na subjetividade do escuro e nas imprecisões do álcool, mas ali poucas relações transcendem além de uma vez.

E Caro volta a suspirar. Tem à sua frente uma pilha de livros que ainda não abriu. O coração e o cérebro pulsam pela pílula que tomou assim que saiu da aula para se manter acordada e estudar até a meia-noite, hora do fechamento da biblioteca durante os exames finais. Prefere estudar lá: no dormitório é impossível. Quando levanta a vista, a escuridão já devorou o edifício da Biblioteca McHenry, exceto pelos postes que iluminam os caminhos entre os jardins. A vegetação parece ter desaparecido, pelo menos de onde ela está sentada. Não se deu conta do pôr do sol. Não é estranho que Caro mergulhe em seus pensamentos, em seus feitiços de memória, e perca a noção do tempo: sempre foi bastante distraída. De repente, ela estremece: uma corrente de ar gelado beija seu cabelo. Não há nenhuma grade do ar-condicionado por perto e as janelas da biblioteca, uma camada simples de vidro, não são projetadas para abrir. Os pelinhos dos seus braços se arrepiam e Caro os esfrega para se aquecer.

— Olá.

Um pedaço de gelo desliza do crânio de Caro, descendo lentamente por cada uma de suas vértebras até o cóccix, quando descobre que há um homem à sua frente, do outro lado da mesa comunal que sempre a faz pensar em uma espécie de refeitório medieval. Como chegou lá? Até há pouco, Caro estava sozinha e certamente teria percebido se alguém tivesse se sentado na mesma mesa. Especialmente alguém tão grande quanto um urso. Esse indivíduo tem o cabelo curto e preto, óculos com uma armação grossa, como os que se usavam nos anos setenta, e um bigode espesso que cai de cada lado de seus lábios. Seu rosto pálido parece fantasmagórico sob a luz da lâmpada de estúdio.

— Olá — repete ele com voz suave.

Caro não pode evitar estremecer ao ouvi-lo novamente. Por que os homens provocam tanto medo quando você está sozinha e se depara com um deles?

As formigas tinham seu próprio serviço de inteligência, isso estava claro. Carito carregava uma garrafa de vinagre para derramá-la sobre a entrada do formigueiro, um pequeno e perfeito vulcão, como nos desenhos animados. Depois, ela o chutaria com seu sapato de verniz branco até que o buraco do formigueiro ficasse coberto de areia e as formigas ficassem presas. Trabalhadoras, soldados e rainha; toda a sua corte morreria democraticamente com o ácido. Mas de alguma forma elas sabiam. Assim que Carito se aproximou do perímetro do formigueiro, o exército vermelho subiu por suas perninhas de menina, como em um conto de Horacio Quiroga. Algumas se meteram por debaixo de suas meias; outras se agarraram à pele suave atrás de seus joelhos e algumas mais alcançaram a borda de sua calcinha da Hello Kitty com rendinha branca. Carito teve que passar vários dias no hospital e perdeu a semana de provas finais, o que a incomodou ainda mais do que os estragos das formigas em sua pele. Seu corpo inteiro ardia com uma dor que não pode ser descrita em nenhum idioma. Os médicos comentavam que conseguiram conter a reação alérgica por puro milagre: havia adultos que sucumbiam diante daquela quantidade de picadas.

Caro sente calafrios ao se lembrar daquela cena: o medo que este homem, que apareceu do nada, lhe provoca é terrivelmente semelhante à sensação das formigas se vingando dela por algo que ela planejava fazer, mas que não a deixaram concretizar. Existia a justiça preventiva? Caro morde os lábios e levanta o olhar até encontrar os olhos do cara que parece adulto demais para ser um estudante universitário. Claro, poderia ser um desses entusiastas que na época não tinham dinheiro e, décadas mais tarde, voltavam pelo capricho de ter um diploma. Mas ele também não parece ser um estudante mais velho nem um professor. Como se esperasse que Caro terminasse com suas divagações, o homem segura um dos jornais locais e se limita a olhar para Caro em silêncio, talvez esperando uma resposta ao seu cumprimento.

— Olá — diz ela, finalmente, tentando que sua voz não tremesse. Ao tentar ver as horas no seu relógio de pulso, a caneta na borda da mesa cai no chão e provoca o único som perceptível na biblioteca. Para disfarçar o medo que a percorre, Caro se inclina debaixo da mesa: dali vê os sapatos do gigante. Eles estão cobertos de barro e a ideia de que ele enterrou algo cruza sua mente rapidamente, como uma mosca que entra em uma boca que boceja. Calma, diz a si mesma. Tenta obrigar-se a pegar a caneta, aperta as pálpebras como se preparando para algo e se ergue na cadeira. Passou apenas um segundo, ou dois, mas quando ela abre os olhos, o homem já não está lá.

Ela viu claramente suas pernas vestidas com uma calça azul-marinho, os sapatos enlameados, mas ele desapareceu no instante em que ela levantou. Não faz sentido, pensa. Nenhum ruído, nem o som dos passos, nada. Caro decide que é melhor ir estudar no dormitório, apesar do escândalo rotineiro. Recolhe suas coisas, coloca na mochila e se dirige à saída. A bibliotecária do turno vespertino lhe dedica um sorriso cansado, o sorriso de alguém que faz bem seu trabalho até o final.

— Por acaso a senhora viu passar um homem muito alto com bigode? — diz apontando para a parte entre o lábio superior e o nariz, como se a pobre mulher não soubesse o que é um bigode. A outra leva alguns segundos para considerar a pergunta e depois balança a cabeça em negação.

— Não, não vi ninguém assim.

Caro aperta os punhos ao redor das alças da sua mochila e tensiona os músculos das pernas. Talvez a mulher tenha cochilado por alguns minutos e não o viu passar.

— Bom — diz empurrando a porta da biblioteca. — Obrigada e até amanhã.

Lá fora, a noite plena a espera. Seguindo o caminho de luzes, Caro corre até seu quarto com a mesma determinação com que as baratas corriam por suas vidas quando Carito as seguia para capturá-las e colocá-las em um frasco. E depois queimá-las.

Depois de vários dias, Caro se esqueceu completamente do gigante. Não foi difícil devido à correria dos exames, às últimas aulas do semestre e com a lavagem das roupas que havia postergado por duas semanas: ela não dedicou nem um único pensamento àquela noite estranha na biblioteca. Um véu cobriu sua memória e Caro não tem sequer consciência de que a cena com ele aconteceu de verdade. Até que ela retorna à biblioteca. Assim que entra, uma lufada de ar frio se enrosca em seu pescoço e a sensação gelada traz de volta a memória nítida, como se alguém tivesse inserido a informação em seu cérebro no exato momento em que atravessava a porta da Biblioteca McHenry. Aperta os livros contra o peito e apressa o passo. Precisa escrever um conto para sua aula de escrita criativa. Titubeia ao escolher um lugar para trabalhar: considera que sentar-se junto à ampla janela, através da qual se pode ver a vida no campus Santa Cruz, não vai ajudar na sua concentração, então dirige-se ao segundo andar, onde há mesas individuais no final de cada corredor. Sim, lá poderá trabalhar sem distrações. Embora, talvez, ela só não queira admitir que está evitando o lugar do encontro do outro dia.

Senta-se com a coluna ereta e dispõe sobre a mesa um caderno, uma caneta e o bloquinho onde anota suas ideias. A tarefa é um conto de terror. Conta com cinco dias exatos para escrever o primeiro rascunho, corrigi-lo e terminar o segundo. Se tiver sorte, a primeira versão já vai se aproximar da versão final. Extensão de dez a quinze páginas. "Não vou conseguir", murmura em voz alta, "é culpa minha por deixar para a última hora." Sim, é verdade que passou muitas horas estudando, mas também é verdade que o fim de semana passou dormindo e lavando roupas. Também foi a uma festa à qual nunca deveria ter ido, porque bebeu demais. A última vez que fez algo assim foi há alguns meses e prometeu a si mesma não voltar a beber álcool até que o semestre tivesse acabado. A ressaca foi mais do que brutal e nem se fala das coisas que fez... Sequer se lembra bem delas e talvez seja melhor assim. Estava há dias se sentindo estressada e o estresse é tão mau conselheiro quanto o álcool, porque só há uma coisa que pode aliviá-lo, e não ter um parceiro complica tudo.

Aquela noite de sábado não foi diferente de tantas outras de sua vida passada e futura: um lugar repleto de gente, fumaça de cigarro, tanto de tabaco quanto de maconha, um ruído estridente disfarçado de música, álcool e um desejo sexual que ia crescendo à medida que seu corpo se intoxicava. Corta para: beijos e toques na pista de dança com um chileno da sua aula de matemática, para acordar mais tarde enojada, não só pela ressaca, mas por ver ao seu lado, babando nos lençóis, um dos garotos menos atraentes de toda a universidade. Caro fechou os olhos e desejou com toda a sua alma desfazer cada movimento da noite anterior. Pensou nas fêmeas de louva-deus que arrancam a cabeça de seu parceiro após o acasalamento. Aproximou seu dedo e percorreu no ar a garganta daquele sujeito que mal conhecia, ensaiando o corte. Pelo menos estava no quarto dele, então podia ir embora sem dizer nada. Até hoje ela não conseguiu apagar certas imagens de sua mente. Só que a pior parte é mesmo esta: a de recuperar o tempo perdido e escrever o conto de uma vez por todas, sem desculpas.

— Você parece preocupada.

Se não tivesse vinte anos, o coração de Caro teria parado naquele instante. Da mesa vizinha, no final do outro corredor, alguém se dirige a ela. Assim que chegou ali, ela se certificou de que não havia ninguém por perto. É o mesmo homem alto e de bigode do outro dia. Caro se levanta. Não pode sair correndo: seria ridículo. A universidade em geral e a biblioteca em específico são lugares seguros, não? Não tanto quanto aquele caldeirão de cobre em que Carito havia aquecido água até a ebulição, e depois introduzido uma a uma as minhocas recolhidas no jardim em um dia de verão. Sua mãe tinha ficado brava como poucas vezes antes. Hoje Caro se sente como aquelas minhocas: na outra mesa está sentado o mesmo homem do outro dia. Seus olhos parecem ainda maiores devido à espessura das lentes daqueles óculos fora de moda.

— Talvez eu possa te ajudar com essa história — diz ajeitando-se na cadeira. Tosse e coloca as mãos sobre sua barriga redonda. — Nunca me faltam ideias.

Caro deve ter aberto os olhos como pratos e deixado a mandíbula cair até o chão, como os personagens dos desenhos animados que via quando era criança. Tenta sorrir para esconder o medo, e se não estivesse sentada suas pernas já teriam deixado de sustentá-la. Só lhe ocorre pegar um livro das prateleiras e colocá-lo na frente do peito como escudo. Caro está aterrorizada: esse cara sabe ler a mente ou é apenas uma grande coincidência?

— Sei porque você estava falando sozinha há um tempo.

— Sério? — Caro questiona sua sanidade porque não se lembra de ter falado em voz alta, mas de que outra maneira ele poderia saber sobre o conto e sua incapacidade de começar a escrevê-lo? Quando se perdia em suas lembranças de insetos, perdia a noção do tempo e bem poderia ter pensado em voz alta. É uma possibilidade.

O homem estende a mão para ela:

— Meu nome é Edmund. Sou professor de psicologia.

Caro se relaxa um pouco. Não parece um professor, mas existe realmente um perfil único de como é um professor? Há alguns excêntricos e geniais. Só porque esse senhor parece um lenhador de macacão e é grande como um urso, não significa que ele não tenha um lugar na universidade. Isso explicaria, além disso, sua presença na biblioteca. Claro que não vou pedir que me mostre sua credencial, como se fosse um nazista ou uma agente da imigração. Caro o olha e pensa nessas últimas semanas de pouco sono, muito trabalho e a angústia de manter a média: pode muito bem ser uma alucinação pelo estresse e pelo cansaço.

O homem que diz chamar-se Edmund dedica-lhe um sorriso antes de voltar ao livro que segura em suas grandes mãos. Ela boceja, fecha os olhos e pensa: “Você tem que escrever a história". Desta vez ela só pensou, tem certeza disso, mas o outro levanta a cabeça como se ela tivesse falado em voz alta. Outra coincidência. Caro pega sua caneta e escreve um parágrafo que não é mais do que a entrada clichê de qualquer filme de terror. Arranca a folha, aperta-a com o punho e a coloca ali à sua frente, como se fosse um inseto que torturaria mais tarde. Mas ela não decide que método usar. Aperta os punhos prendendo o cabelo antes de esconder o rosto entre as mãos. Sabe que não será a primeira bola de papel arruinada: na verdade, não tem ideia do que escrever. Quer um tema original, com a tensão guiando a trama como aquelas lebres que perseguem os galgos nas corridas. Ao mesmo tempo, precisa que seja aterrorizante. O professor disse que o verdadeiro terror e o humor são as coisas mais difíceis na hora de escrever. Por essa razão, o conto equivale ao exame final. Não tem nem uma única linha ainda.

O homem na escrivaninha ao lado, ridiculamente pequena comparado com seu corpo massivo, parece entrar na cabeça de Caro:

— Tenho livres os próximos dois períodos — diz levantando-se. Deixa empilhados os livros que consultou na beira da mesa, e guarda seu caderno, óculos e vários lápis em uma maleta de lona. — Podemos ir à cafeteria e te conto uma lenda que poderia servir no seu projeto.

Caro olha para ele, mas sem responder. Como com o resto das coisas em sua vida, avalia os prós e contras do convite. Ela está com vontade de um café quente, sim. Principalmente se alguém pagar por ele. Que mal pode ter? Depois de tudo, ele é um professor e estariam em um lugar público, cheio de gente. A cereja do bolo seria se o que ele contasse a ajudasse a escrever o conto. Ela realmente precisa disso. De outra maneira já teria escrito algo, se não perfeito, pelo menos aceitável.

— Está bem — se ouviu dizer. — Vamos tomar um café.

Ela guarda suas coisas na mochila e caminha pelo corredor sentindo a presença do professor atrás dela, sem ouvir o barulho de seus passos ou o atrito da calça ao caminhar. Outra vez um frio particular a percorre, mas não dá importância: é um dia fresco de final de outono e isso é normal.

Fora da Biblioteca McHenry, o sol ainda brilha. Caminham em silêncio até a cafeteria e, uma vez dentro, ele pede que ela peça à vendedora dois cafés grandes e dois biscoitos com gotas de chocolate. Quando Caro baixa o olhar, percebe que há uma nota de dez dólares em sua mão. Como chegou lá? Não tem tempo para se surpreender: a mulher do caixa, uma latina com cara de tédio, pergunta-lhe impaciente o que vai pedir. Atrás dela se estende uma fila de alunos famintos e desesperados, então ela se apressa em pedir os cafés e os biscoitos. Ao receber o troco, percebe que o professor já não está ao seu lado. Toma a bandeja e o procura entre as mesas. Ela o encontra lá no fundo, perto das lixeiras, fazendo um gesto com o braço para chamar sua atenção.

O vapor do café sobe até seu rosto abrindo seus poros com a mesma sensação úmida de quando Caro se aproximava da xícara de metal onde fervia água e soltava devagar, uma por uma, as minhocas que havia coletado no jardim. Se enroscavam agonizando em silêncio, mas para ela parecia haver um grito agudo dentro de sua própria cabeça; gostava daquele som que nunca soube se era imaginário ou real.

— Essa parte obscura que você tem te ajudará a escrever a melhor história — diz ele antes de morder o biscoito. — Hmm, as minhas favoritas.

Caro estremece. Não são simples coincidências, porque já são muitas em sequência; agora sabe que ele é capaz de ler sua mente. Consegue formar um sorriso com os lábios apertados e tira um caderno e uma caneta da mochila para tomar notas.

— Só ouve a história até absorver. Até fazer dela sua história — Edmund limpa as migalhas do biscoito que caíram no seu peito. — E se tiver dúvidas ou esquecer algum detalhe, aqui estou.

Ela assente. Deixa a caneta e dá um gole no seu café. Queimou a língua, mas não demonstra dor. Os olhos do professor e os dela se encontram. Os de Caro desviam para o chão pegajoso e sujo da cafeteria. Perturba-a pensar que falta algo neles. Não poderia explicar o quê, mas sabe que em seus olhos está a presença da ausência de algo importante.

Ele interrompe seus pensamentos e começa *in medias res*:

— Ela foi morta porque ele já não suportava o tom de sua voz. Nem seus insultos. Nem a humilhação ao longo de tantos anos. As recriminações. A falta de carinho. A frieza. Foi morta por repetir tantas vezes a mesma frase fazendo que ele chorasse: que nenhuma mulher nunca lhe daria atenção ou o amaria porque ele não era mais do que um monstro repugnante. Mas acima de tudo, ela foi morta pelo tom de voz: estridente, rouco, perverso. Não pôde suportá-la mais e por isso a matou. Nunca negou. Não era nenhum covarde. Tinha praticado com outras estudantes universitárias. E não foi nada contra elas: foram apenas ensaios para o momento em que a voz, porque sabia que isso aconteceria, o obrigasse a terminar com ela — conta enquanto ajeita os óculos e puxa a ponta do bigode, revelando um sorriso. — Bem, para ser sincero, sim, houve algo contra aquelas garotas, mas não era realmente pessoal. Ou seja, não foi por acaso que ele escolheu essas e não as outras: as feias, gordas, impopulares, as que eram tão invisíveis quanto ele mesmo. Essas estavam seguras com ele, porque já haviam sofrido o suficiente. Foi algo contra especificamente o que as bonitas representavam. Eram o tipo de mulheres a que sua mãe se referia: aquelas que não olhariam para ele nem lhe dirigiriam a palavra, a não ser porque ele sempre parava quando elas pediam carona, com a ousadia e ingenuidade dos anos setenta e suas calças justas provocantes.

Caro abre a boca para perguntar algo, mas ele não está disposto a interromper o monólogo e a interrompe aumentando o volume:

— Elas prefeririam estar mortas antes de serem amigas ou parceiras de alguém como ele. E assim como sua mãe, elas não paravam de falar, e delas mesmas, já que era o único tema que dominavam (além das compras que queriam fazer). Nem quando estavam no carro dele tinham a cortesia de perguntar como estava seu dia, ou como se chamava, ou sequer comentar juntos sobre o clima ou as últimas notícias no rádio. Eram bobas, egocêntricas e superficiais. Se não fossem, saberiam que não era seguro entrar no veículo de um completo desconhecido, e muito menos se sentar ao lado de um cara do tamanho dele.

O som da caneta de Caro sobre o caderno é ouvido por mais três minutos depois que o homem para de falar. Escreve com uma rapidez impressionante. Levanta a cabeça, solta a caneta e abre e fecha a mão direita várias vezes.

— Cãibras — diz sorrindo timidamente.

— Você não precisa anotar tudo exatamente como eu digo. Escuta com atenção primeiro e, no final, você decide o que precisa escrever. — O homem faz um círculo com ambas as mãos e com os lábios enuncia as sílabas de bis-coi-to. Esses conselhos para tomar notas a fazem pensar que talvez ele seja realmente um professor, afinal de contas.

Caro levanta-se para comprar outro biscoito para ele e encher sua própria xícara de café. O aroma de gordura aderido às paredes e aos móveis da cafeteria lhe provoca náuseas. Pensa nos gafanhotos fritos que alguma vez viu nas ruas de Oaxaca quando caminhava com seus pais em umas férias. Carito não estava interessada em prová-los, mas em saber se os colocavam na chapa ainda vivos. Quando ela volta, percebe que Edmund está inclinado sobre a mesa lendo suas anotações. Caro se senta e ele volta à sua posição original como se não estivesse bisbilhotando descaradamente o caderno de outra pessoa: recebe o biscoito e, sem agradecer, prossegue:

— De duas das meninas, ele cortou a cabeça e enterrou no jardim da casa de sua mãe, em um ponto de onde ambas pudessem olhar (imaginando que seus olhos ainda funcionavam) a janela do quarto dela: algo que sem dúvida a agradaria. Gostava que a contemplassem de baixo, reconhecendo sua estatura, sua grandeza. Pois bem, ali havia um par de cabeças para que a admirassem do jardim toda vez que ela se aproximasse da janela…

Caro coloca toda a sua atenção naquele homem. Registra que seu peito está cheio de migalhas assim como seus bigodes. Embora tivesse jurado que tinha os olhos azuis, agora os encontra muito escuros: é impossível perceber o branco dos seus glóbulos oculares. E sua voz, sua voz a hipnotiza. Agora entende a história. De repente, cada detalhe ganha sentido e continuidade. Assim que ele para de falar, começa a escrever rapidamente como se alguém estivesse segurando sua mão e ditando-lhe ao ouvido. Embora ele tenha contado apenas fragmentos de uma história, ela sabe que poderá reorganizar os fatos de forma cronológica em sua própria mente.

O relógio na cafeteria marca cinco minutos antes da hora de sua próxima aula. O lugar se esvazia de estudantes que vão para suas salas; cruzam-se com os que agora têm um intervalo e vontade de comer. A imagem do favo de abelhas na árvore da casa de sua avó aparece em sua memória: Carito colocou um foguete em um buraco do favo. Depois, com o isqueiro do pai, acendeu o pavio. Várias abelhas a picaram no dorso da mão e isso a fez cair do galho sobre o qual mantinha um precário equilíbrio para alcançar o favo. Perdeu o fôlego, ficou cheia de hematomas que doeram por dias, mas a queda bem valeu a pena, ou pelo menos foi assim que pensou na época, só por ver algumas abelhas saindo apavoradas, voando caoticamente, e outras morrendo carbonizadas. Caro esfrega os olhos para voltar ao presente. Não pode interromper o relato agora. Que importa a sua próxima aula. Deve terminar de ouvir a história. O homem pausa para tirar com a língua um pedaço de biscoito no canto dos lábios; suas mãos de urso permanecem entrelaçadas e descansando sobre o ventre.

— Quer que eu traga outro biscoito?

Ele assente e sua boca se transforma em um sorriso inverossímil que não corresponde à escuridão dos olhos. Caro vai comprar outro biscoito: no último instante pede mais um para ela. Ela se emociona ao pensar que com a história que o professor lhe conta poderá fazer um magnífico conto de terror. Tentaria usar um estilo objetivo e limpo, quase cirúrgico, como o de Vincent Bugliosi em *Helter Skelter*. Se encontrasse um bom título, um que tivesse muita força, bum!, obteria um A+ que cairia perfeito em sua média. Talvez até pudesse publicar o conto na revista literária do campus, que paga cinquenta dólares.

— Na última noite, ele só queria conversar com sua mãe tranquilamente, como ele imaginava que os filhos normais faziam com suas mães normais. Mas ela o recebeu com toda a acidez de seu coração e lhe disse sem meias palavras: "Você é um inútil, marica do caralho, você é meu grande erro e minha maior vergonha". — Por um segundo, o homem para, escuta e olha para o teto. Caro se fixa no pomo de Adão subindo e descendo enquanto fala. Ele retoma o fio de seu relato sem voltar a fazer contato visual, como se o envergonhasse aquele instante de fraqueza. — O que ele poderia fazer? Retraiu-se em si mesmo; não só o significado daquelas palavras era lancinante para sua alma, porque sim, ele tinha alma, ah, como tinha, mas o tom de voz de sua mãe era o mais ofensivo. Aos sentidos, à razão, aos bons costumes. Ele queria falar como as pessoas civilizadas e ela não permitiu.

Caro engole em seco e apressa-se a beber o que resta de seu café, já frio. Pode intuir o que vem e algo dentro de si se regozija porque em breve saberá como foi a morte da mãe. Já conhece o final, mas precisa conhecer o método.

Ela sente um calafrio pela espinha e sai de seu transe: o homem está em silêncio desde sabe-se lá quanto tempo e a observa, com uma expressão estranha escondida atrás do bigode. Parece que aqueles olhos brilham por uma fração de segundo. "Olhos cheios de ilusão", pensa. Como se pudesse perceber e deleitar-se com a antecipação que Caro sente por ouvir o resto da história.

— E o que aconteceu depois?

Edmund se reacomoda na cadeira, penteia o cabelo com uma mão e ajusta os óculos gigantes sobre o nariz. Um aroma de carne e massa inunda o lugar e ele faz um barulho parecido com um porco que descobre uma trufa.

— Ah, a grande pergunta: o que aconteceu depois? — Tosse, saboreando as palavras. — Ele cortou a cabeça dela. E, mesmo assim, seguiu ouvindo suas reclamações. Era incrível: segurava com uma mão o crânio, segurando-o pelos cabelos, e olhava ao mesmo tempo o torso descansando no chão da sala, deitado de pernas abertas. Só que a voz odiosa da mãe não só pairava no ar como ainda penetrava seus ouvidos, castrando-o com suas palavras. — O homem fixa seu olhar sombrio em Caro, que desvia o seu para o caderno. — Então se viu obrigado a arrancar-lhe as cordas vocais, um emaranhado de fios sanguinolentos, e as colocou no triturador de lixo. Só assim pôde ter a paz e o silêncio que buscava.

Caro quer dizer algo, mas não consegue formular uma frase coerente. O professor continua:

— Você está parecendo uma rã papando moscas. — Ri com uma gargalhada infecta. — Ele era criativo: transformou a cabeça da mãe em um alvo para dardos. Os pontos que mais valiam eram os olhos, claro. Depois se masturbou usando a boca materna. Soa horrível, eu sei, mas aquilo já não era um ser humano fazia tempo: era apenas uma coisa. Não muito mais. E as coisas são usadas para o que for necessário.

Ela estica as pernas debaixo da mesa, sem tocar os sapatos do homem que está à sua frente. É uma história assustadora. Uma parte dentro de Caro pensa que não importa saber se aquilo foi real ou se é produto da doente imaginação do professor. A arte se nutre do que for. Termina de tomar notas para não esquecer. Para e morde a ponta da caneta: tem uma pergunta.

Ele responde antes que ela abra a boca:

— Sei que você pode me entender. Por isso quer saber se esse foi o último assassinato. Ou privação de vida, se quiser chamar, para usar uma linguagem mais de acordo com os novos tempos. — Ele se levanta e enfia a camisa dentro da enorme calça. Caro o contempla entre a fascinação e o horror. Como é que ninguém mais na cafeteria olha para ele? Talvez os velhos tenham razão: as pessoas vivem em seu próprio mundo, onde nada importa além delas mesmas. Deixamos de observar o que nos rodeia. Ele interrompe seus pensamentos:

— Terminar com o assédio auditivo e o abuso psicológico de sua mãe era tudo o que ele desejava. Ele não fez o que fez porque queria causar dor, não. Ele não era desse tipo. O que ele queria mesmo era acabar com o barulho que ouvia o tempo todo, porque isso sim era doloroso para ele. Fazia-lhe mal. Ela o feriu desde muito pequeno, quando o trancava no porão, dizendo que era necessário porque, se não, ele abusaria de sua irmã mais nova. E enquanto ele era obrigado a dormir aterrorizado na escuridão do porão úmido e frio, como um rato, sua família vivia uma vida normal na parte de cima da casa. Era como ver o céu do inferno. — As feições do homem mudam. Caro sente um impulso de se levantar e abraçá-lo. — Não era necessário terapia para entender que aquelas garotas, aquelas seis estudantes, não foram mais do que ensaios para o *gran finalle* de sua mãe: o acontecimento mais importante de sua vida.

Ela percebe que não sabe o nome do protagonista daquela história e está prestes a perguntar, mas o professor já se dirige para a saída da cafeteria sem parar de falar. Caro pega apressadamente seu caderno e a mochila e vai atrás dele pelos caminhos que cruzam os jardins da universidade. Cada passo dele equivale a uns quatro dela, que tem que trotar para alcançá-lo. Finalmente, consegue igualar-se a ele, ofegante.

— A polícia, como você já sabe, sempre foi uma instituição repleta de ineptos. Passavam os meses e não prendiam ninguém pelos assassinatos. Era desesperador: uma verdadeira vergonha para o nosso país. — Ele se detém e a olha com um sorriso. — Não, não. Quero dizer para o *meu* país. O ponto é: tinham diante deles um acontecimento do mesmo calibre que os assassinatos de Ted Bundy ou os de Charles Manson, mas os palermas de uniforme azul continuavam sem descobrir nem fazer nada, literalmente nada.

— Então os crimes ficaram impunes? Ele voltou a matar?

Ele se detém de repente e Caro, sem poder reagir a tempo, tem certeza de que vai colidir contra aquele corpo massivo; no entanto, não há contato. Só aquele frio intenso que lhe arrepia a pele, além de um cheiro estranho, não desagradável, mas desconhecido e penetrante. Se tivesse que definir esse cheiro, diria que cheira a vermelho, o que não faz sentido algum. Edmund a olha com aborrecimento; seu tom se tornou condescendente, como se ela fosse incapaz de compreender. E talvez seja.

— Claro que não. Como disse antes, com o assassinato de sua mãe, tudo acabou. Nada mais tinha importância. Toda a sua vida havia sido um mero processo que devia culminar naquela morte. Totalmente freudiano, sim — diz após se encostar no tronco de uma árvore, tentando alcançar um esquilo em um galho, mas nem mesmo a sua altura é suficiente. — Ele não tinha outra opção senão se entregar à polícia porque os idiotas jamais iam descobrir a verdade. A ineficiência policial era e é esmagadora. Por isso se entregou. Para estar em paz. Sua mãe conquistou esse destino a pulso, durante todos e cada um dos dias desde que ele nasceu. Foi o justo. Mas neste país há leis e ele as havia quebrado. Se a mãe teve que pagar, também era justo que ele pagasse sua parte.

Caro precisa tomar notas. Procura um banco e se apoia nele enquanto sua mão se move furiosamente sobre o papel. Já tem o suficiente para um bom conto, pensa. Se conseguir dar forma a essa informação, fantástica e aterrorizante ao mesmo tempo, terá um grande texto. Um corvo passa voando sobre ela. Não é o grasnar que a assusta, mas a sombra que a cobre e o flap flap de suas poderosas asas. Para quando termina de escrever, já não há vestígio do professor. Levanta-se e olha ao redor: algo cai dentro dela, até o seu próprio fundo, onde quer que ele esteja. É como se sentisse falta daquele desconhecido. Mas se consola pensando que talvez o encontre na biblioteca mais tarde. Por enquanto, sabe que estará ocupada escrevendo o primeiro rascunho do conto.

*

Dois dias depois e com uma média de três horas de sono por noite, Caro entrega seu conto de terror à professora. No dia seguinte, recebe um e-mail que a convoca ao escritório para falar sobre seu trabalho final. Caro relê a mensagem cinco vezes, aterrorizada, tentando encontrar entre linhas algo que a avise da natureza da conversa. Não é normal. Ela nunca é chamada pelos professores para conversar. Talvez a professora queira dizer-lhe que o seu conto é o melhor que leu em todos os seus anos de docência? Aquilo mereceria sem dúvida uma conversa cara a cara entre professora e aluna. Ou pode ser que vá apontar que é um texto péssimo, de tão baixa qualidade que ela reprovou a matéria. Então sua bolsa de estudos estaria por um fio, de modo que se não passasse na matéria no próximo semestre, teria que fazer as malas e voltar ao México para abrir caminho a cotoveladas entre a miséria e a violência. E o seu sonho de ser escritora? Ah, já podia esquecer esses contos de fadas e encontrar algo pragmático para fazer com sua vida. Pensa na decepção dos seus pais, nas zombarias das amigas que a invejam e que agora dariam vazão ao seu *schadenfreude*. Os olhos se enchem de lágrimas.

Às cinco da manhã do dia do encontro com a professora, Caro prepara sua mochila com a mesma rotina de sempre. Prepara um café bem forte e coloca em uma garrafa térmica com a logo da universidade. Não conseguiu conciliar o sono na noite anterior pensando no que a professora diria. Com a mão na maçaneta da porta e prestes a sair, como se lembrasse de algo, Caro volta para a cozinha que compartilha com outras garotas do *scholarship hall* e pega uma faca serrilhada de uma das gavetas. Ela a guarda cuidadosamente entre uma pasta e seu livro sobre a comunidade de Oneida.

Sentada sobre o tapete sujo e com cheiro de mofo que vem do corredor onde se encontram os gabinetes, Caro distingue uma aranha caranguejeira que se desloca com dificuldade entre o chão e a parede. Ela estica o braço até pegá-la por uma pata e a segura em frente dos olhos para olhar melhor: um ser ridículo, uma bola peluda com fios que se movem descontroladamente. Caro puxa uma patinha e a arranca, iniciando em sua mente um "me ama, não me ama" em automático, enquanto despedaça o aracnídeo como se fosse uma margarida e ela, uma garotinha apaixonada.

A porta do escritório da professora se abre e Caro se levanta o mais rápido que pode. Nervosa, brinca de girar entre seus dedos indicador e polegar o corpo redondo da aranha. A professora a cumprimenta com frieza e a convida a sentar-se na cadeira em frente à sua mesa. Uma estatueta de Hillary Clinton caricaturizada com uma cabeça enorme, um sorriso tétrico e a legenda "*Fuck Trump, I won*", na base, repousa sobre uma pilha de ensaios para corrigir: lembrança de um fracasso inesperado. Caro se concentra na mulher que é sua professora: já idosa, com pescoço longo e enrugado, olhos grandes, quase saltados. Talvez sentindo o olhar de sua aluna, a outra entrelaça as mãos e apoia seu rosto triangular e afilado sobre elas. Parece uma louva-deus humana. Carito, quando menina, tinha respeito por esse tipo de inseto. Uma vez tentou pegar um deles, mas foi ferida com suas pinças. Chorou muito e passou vários dias pensando em como matar um louva-deus sem se machucar. Esses se salvaram porque cruzaram outros insetos pelo seu caminho e ela esqueceu seu plano de vingança.

— Quando li o seu conto pensei que era uma piada — diz a cara de louva-deus. — Este plágio é de um cinismo rampante que não consigo suportar. Que falta de criatividade, de decência, de...

Fecha os olhos como se fosse desmaiar e estende a Caro várias folhas grampeadas: destaca um F maiúsculo em vermelho, dentro de um círculo que o torna ainda mais escandaloso: FRACASSO. A mandíbula de Caro se abre em silêncio. A saliva lhe vem amarga e ela percebe sua transpiração em plena potência, o suor entre suas pernas, nas axilas, no meio dos seios. Aperta os braços contra o torso e fecha as pernas. Aquilo não é possível. Não pode ser real.

— Plágio? — É a única coisa que sai da sua boca. Jamais experimentou tal confusão. Seu conto é bom, trabalhou tantas horas nele, mas, acima de tudo, é dela.

A cara de louva-deus gira seu laptop para que sua aluna possa ver a tela. Enquanto ela continua acusando-a de roubar uma história, os sentidos de Caro, exceto o da visão, se apagam completamente. Não pode fazer nada além de olhar aquela imagem: é o mesmo homem da biblioteca. Sobre a foto lê-se o nome: Edmund Kemper. Após alguns segundos, seus ouvidos se abrem e captam a voz da professora dizendo que ele foi um assassino em série cujas vítimas foram estudantes nesta mesma universidade. Todo mundo na Califórnia sabe disso: o campus goza da infâmia graças a este indivíduo que morreu recentemente na prisão de Vacaville, foi na semana passada, por sinal. Por acaso quer passar a perna justo nela, que possui um doutorado em literatura inglesa e vinte anos de experiência docente?

Não nasceu ontem e tem um faro para detectar alunos trapaceiros a milhas de distância, diz indignada.

Caro leva as mãos aos ouvidos. A mulher não se cala. E Caro é inocente. Não foi plágio. O homem da biblioteca deu-lhe ideias e ela construiu a história. Com suas palavras. E se ele se parecia com aquele criminoso na tela da professora, só podia ser uma grande coincidência. Nenhum ser humano tem seu físico patenteado; não dizem por aí que todos temos um sósia em algum lugar do mundo? Por acaso não havia outros homens gordos, altos, com bigode e óculos antiquados? Mas a professora não vai acreditar nela, mesmo que diga a verdade. De qualquer modo, não há nada que ela possa dizer que a tire desse profundo mal-entendido. E, claro, ela também não vai admitir algo que não fez. Nunca em sua vida plagiou um trabalho ou colou em um exame. Tem seu orgulho; é uma garota soberba que se gaba de sua inteligência. Por que ela começaria a trapacear justamente neste ponto de sua vida?

Ainda com as mãos sobre as orelhas, Caro lança um olhar suplicante para a professora para que pare de falar, mas aquela boca torcida continua se movendo e, atrás da barreira de suas palmas, seus ouvidos captam vibrações como se estivesse submersa em água. Baixa as mãos e aperta os punhos junto às suas pernas. Agora, sem nada que os proteja, a voz da mulher penetra os tímpanos de Caro com crueldade. Seus punhos continuam cerrados, os nós brancos e as unhas enterrando-se em sua própria pele.

— Por favor, cale a boca agora.

Os olhos da professora ficam ainda maiores: jamais um aluno lhe falou de maneira tão insolente. Em vez de guardar silêncio como lhe foi pedido, a mulher se indigna e continua com sua diatribe interminável. Os pensamentos de Caro se dirigem outra vez ao louva-deus e volta a lição que aprendeu quando criança: esses bichos não podem ser tocados com a mão, mas podem ser esmagados com uma pedra.

— Não gosto desse seu tom — diz Caro enquanto pega a figura de Hillary Clinton e a atira contra a cabeça de sua professora de escrita criativa. Infelizmente, a antiga primeira-dama não conseguiu fazer o trabalho completo. Não é de se admirar: já se sabe que matar alguém não é tão fácil. A televisão e o cinema sempre fazem parecer mais simples do que realmente é.

Horas depois, Caro não saberia dizer em que momento tirou a faca da mochila, mas de repente já a tinha na mão. Além disso, também não poderia dar uma explicação coerente sobre por que voltou pela manhã antes de sair de seu apartamento para pegar a faca em primeiro lugar. Tampouco se lembraria com clareza de quando se lançou sobre a professora e a derrubou de costas, fazendo com que o golpe a deixasse sem ar.

Independentemente dos detalhes de sua memória, lá está Caro, satisfeita por um segundo porque, com a queda, a professora finalmente ficou em silêncio. Mas a calma é efêmera, porque depois de alguns segundos e como se tivessem injetado a alma de volta nela, a professora de escrita criativa arregala os olhos ao descobrir a faca na mão de Caro e começa a gritar com tanta força que sua aluna tem que soltar a arma para tampar os ouvidos com as mãos. A mulher, por sua vez, concentra-se em pedir socorro com uma força pulmonar surpreendente, enquanto tenta se livrar de Caro. Ela pega novamente a faca e a crava no espaço que se forma entre o pescoço e a clavícula. Imediatamente, vem um jorro de sangue que parece inundar o tapete. A professora quer continuar gritando, mas de sua garganta, nesta hora, só saem ruídos como os de um dreno. O que vem a seguir? O que procede é terminar o trabalho. Caro coloca a lâmina da faca paralela aos ombros da mulher e começa a serrar aquele pescoço incrivelmente coriáceo.

Vários alunos e professores se aglomeram no pequeno espaço da porta para ver o que está acontecendo dentro do gabinete: alguns entram em estado de histeria, outros desmaiam, alguns mais repetem uma e outra vez que aquilo não pode estar acontecendo, e apenas um pragmático disca o número da emergência para pedir uma ambulância e uma viatura urgentes. Um segurança da universidade a agarra pelos ombros e, com mais violência do que o necessário, para uma garota do seu tamanho, consegue tirar a faca dela. Ele a imobiliza de bruços contra o chão e algema suas mãos para trás. Ela não oferece resistência, na verdade: apenas vira a cabeça para dizer em um tom infantil, como Carito teria dito há muitos anos:

— É que não gosto do tom de sua voz.

Ardea herodias

Prólogo

Silvia não tinha reparado antes nas aves ao seu redor. Pela maior parte de sua vida não haviam sido mais do que criaturas com plumas para decoração, como os pavões em hotéis luxuosos ou problemas de política pública para o município, como as pombas nos edifícios antigos. Às vezes as via cruzando o céu, dando um espetáculo; em outras, dando um rasante e bombardeando cabeças humanas ou veículos recém-lavados; podiam acabar com uma colheita ou tornar-se cantores escravos em alguma jaula. Porém, após o divórcio, a aposentadoria e com os filhos fazendo suas próprias vidas, com o ninho vazio, como dizem, as coisas que antes passavam despercebidas agora tomavam outro significado.

Quem diria que um pássaro se tornaria o novo sentido de sua vida e, ao mesmo tempo, a razão para que os outros questionassem sua saúde mental? Às vezes, Silvia também duvidava do que acontecia em sua cabeça. Era difícil para ela relaxar quando escurecia. Os velhos prazeres, acompanhados de muitos problemas, é preciso dizer também, desapareceram quando o marido a deixou, os filhos foram embora e seus colegas de escritório lhe fizeram uma festa de despedida ao chegar o dia de sua aposentadoria. Não era este o ponto pelo que todos ansiavam: possuir as horas completas sem se preocupar com nenhuma obrigação e planejar o dia ao próprio gosto? Ter tempo para fazer tudo o que sempre quis fazer? O ditado "cuidado com o que deseja porque pode se tornar realidade" tinha se tornado uma verdade dolorosa: já não podia se aconchegar na cama com um livro e um chá, ou ficar parada o suficiente para assistir a um filme do começo ao fim. De uns tempos para cá, sentia-se saturada de uma energia nervosa, uma angústia estranha que a empurrava como se tivesse que chegar a algum lugar, ou realizar uma tarefa urgente e de suma importância.

Eis o primeiro problema: não tinha para onde ir e não tinha nada para fazer. A terapeuta lhe havia sugerido masturbar-se, eliminar açúcares, beber chá de tília, praticar meditação, fazer exercício por uma hora todo dia e, de vez em quando, tomar uma taça de vinho. O segundo problema era que nunca tinha sentido vontade de fazer nenhuma dessas coisas e muito menos agora. No final, decidiu que sair para caminhar com sua cadela era ao mesmo tempo exercício e meditação. Em vez de tomar chá de tília sem açúcar ou vinho, começou a fumar um baseado à noite, enquanto assistia a videoclipes dos anos oitenta. Ela continuava se sentindo vazia por dentro, mas ao menos ajudava a dormir.

Parte um

Às oito da manhã, Silvia estava vestida com um conjunto esportivo cor pastel, tênis e um boné para o sol: a fantasia universal da senhora que faz exercício; amarrou Gladiola na coleira e se preparou para caminhar. Seu ex-marido nunca permitiu que seus filhos tivessem um animal de estimação, mas há alguns meses ela adotou um cãozinho do abrigo canino, talvez tentando substituir seus filhos ou talvez como um ato de rebeldia póstuma às proibições de seu casamento. Silvia bocejou, desejando um café: teria preferido ficar entre os lençóis e não se levantar, mas o animal se encarregou de acordá-la, como todos os dias, e pressioná-la até que ela se vestisse, escovasse os dentes e pegasse a coleira para levá-lo a passear.

Agora Silvia se felicitava por ter feito o esforço de sair da cama. Olhou para o céu azul e as nuvens que pareciam saídas de uma caricatura. Suspirou, exalando oxigênio como um átomo de felicidade, como não fazia há meses. Seria um bom presságio, talvez o fim de sua tristeza pós-divórcio? Nunca foi supersticiosa, mas naquela manhã teve a sensação de que cada coisa, por insignificante que fosse, era um sinal de algo mais. Pela primeira vez em quem sabe quanto tempo, invadiu-a o desejo de se encher de gratidão — jamais lhe ocorreria dizer-se abençoada — pela vida que tinha: uma pensão modesta, fruto do seu trabalho como professora durante anos; outra quantia, cortesia de Samuel, o ex-marido, e algumas consultorias a alunos às tardes, que a permitiram economizar. Agora lhe davam a oportunidade de se entediar em uma casa nas periferias da cidade e o tempo para levar Gladiola por esses terrenos rurais que a mancha urbana ainda não conseguia engolir.

O ar fresco da manhã cheirava à terra molhada, excremento de vacas e algumas ervas das quais emanavam certos odores não totalmente desagradáveis. Silvia pensou na vida que teve antes de se casar e de ser mãe. Ela também tinha sido estudante em algum momento, tinha se interessado pelo feminismo, por explorar sua própria sexualidade, por cometer erros estúpidos, mas emocionantes, dos quais, por sorte, saiu bem. Quando se formou na universidade, tornou-se uma daquelas professoras que chegam com vontade de mudar o mundo e pretendem deixar uma marca nas novas gerações. Silvia, a idealista, a incansável, a fervorosa, agora havia se tornado, sem perceber como ou quando, uma senhora madura sem parceiro, sem ofício nem benefício, mãe de filhos distantes, uma mulher que comia verduras sem vontade tentando manter uma dieta saudável, e que não conseguia deixar de se sentir sozinha, abandonada e inútil, especialmente quando se pegava limpando a pelúcia do filtro da secadora e percebia que ainda tinha o dia inteiro pela frente.

Avançou até se afastar o suficiente da cerca do condomínio e libertou Gladiola: viu quando ela saiu correndo com ímpeto, balançando o rabo, o focinho transformado em um sorriso puro. Fazia buracos, caçava toupeiras, perseguia lebres, comia excremento de vacas. Sua cadela vivia e se assumia como um cachorro macho e isso lhe dava certa satisfação: pelo menos alguém pode viver melhor sua vida. Além disso, Silvia já tinha se resignado a não se alterar por isso; preferia pensar que era uma boa fonte de fibra. Não é que ela fosse obedecer se lhe proibisse. Colocou as mãos na cintura olhando a paisagem em geral e o nada em particular e se perguntou: estava satisfeita com o que tinha sido sua existência até agora ou será que a vida lhe devia algo? Como responderia a essa questão se estivesse prestes a morrer? Não conseguiu pensar em uma resposta honesta. Tirou uma tangerina do bolso e começou a descascá-la enquanto caminhava por um caminho de terra.

Aquela manhã foi a primeira vez que a viu: uma garça azul grande, muito grande, embora gigante fosse a palavra correta, com o pescoço mais longo que já vira na vida, e que contemplava Silvia a uns vinte metros. Pelo menos foi isso o que lhe pareceu, que o animal a estava olhando com seu olhinho escuro, e que, na verdade, ela não podia ver, mas adivinhava estar no centro daquela cabeça pequena sobre o extenso pescoço. Deteve seus passos e engoliu em seco. Considerando a distância entre ambos, calculou que a ave devia ser mais ou menos da mesma altura que ela. Ficou hipnotizada pela cor azul intensa da plumagem, quase metálica; tanto que nem percebeu que Gladiola, uma mistura de *pitbull* e cachorro de rua, localizou o objetivo do olhar de sua dona e agora corria em direção à garça com todas as forças que seus músculos podiam evocar.

A magnífica e grande garça azul — como se referiria a ela a partir desse primeiro encontro em diante — permaneceu imóvel observando, divertida?, a cadela se aproximar dela. Depois, desafiadora, soberba e majestosa, levantou voo no último segundo possível, elevando-se como aqueles aviões modernos que se propulsam verticalmente. Nesse instante aconteceu algo ainda mais surpreendente: a grande garça azul voou em direção a Silvia, que jogou os últimos gomos da tangerina ao se agachar para evitar a colisão. Desse ângulo, ela pôde admirá-la em todo seu esplendor e grandeza, nas duas acepções do termo. Quando pôde, por fim, reagir, tentou pegar seu celular para tirar uma foto, mas a ave já tinha desaparecido.

Parte dois

No dia seguinte, pendurou no pescoço uma câmera digital que seu ex-marido havia deixado após o divórcio. Bastou recarregar a bateria na noite anterior. Ela nunca se interessou por fotografia, esse passatempo que Samuel tratava como uma arte e que Silvia via mais como uma desculpa para sair de casa e gastar periodicamente dinheiro em uma câmera melhor. Como as crianças, os homens se entediam com seus brinquedos: sempre há um mais novo, uma câmera melhor, uma mulher mais jovem. Pois que assim seja: a câmera, que ficou guardada na caixa que Samuel deixou e da qual ela não se atrevia a se desfazer, por fim teria um bom uso.

Quando soltou Gladiola, avistou a grande garça azul. Teve a sensação de que a ave a estava esperando. Mas não, isso não podia ser. Era só um pássaro e os pássaros são seres de intelecto muito limitado, ou não? Silvia dirigiu-se a ela caminhando devagar, pisando com a maior suavidade possível. Cada vez que avançava um passo sem que a garça se movesse de seu lugar significava uma foto melhor. Por sorte, a cadela tinha ido em outra direção perseguindo uma lebre. Finalmente, estava a cerca de cinco metros da grande garça azul, que foi mais ou menos o que ela calculou. Não conseguia acreditar. De onde estava, podia-se apreciar a plumagem majestosa; a rugosidade daquelas patas alaranjadas; o bico longo e escuro e aqueles olhinhos negros que, não restava dúvida, a observavam com o mesmo interesse que ela pelo animal. A que cheiravam as garças? Talvez pudesse chegar mais perto... Obrigou-se a parar: não queria abusar de sua boa sorte e espantá-la.

— Olá, preciosa. Você é muito esquiva, não é? — sussurrou tentando ignorar a coceira que a atacava na parte inferior das costas naquele momento. A garça não respondeu, como se imaginava, mas também não fugiu. Limitou-se a permanecer imóvel, desfrutando do sol forte, no meio do campo. Silvia, por sua vez, exalou com muito cuidado: seu coração batia forte e sua testa se encheu de gotículas de suor como sempre que estava nervosa.

Evitando movimentos bruscos, pegou a câmera entre as mãos e a levantou devagar até o rosto. Aproximou-se da lente: a garça pareceu devolver-lhe o olhar. Depois mudou de posição, abriu as asas como um Cristo emplumado, as dobrou novamente e estendeu o pescoço como se posasse para a foto. Diabos, pensou, quase sem se atrever a respirar. É a foto perfeita... Dobrou os joelhos levemente buscando um melhor enquadramento: estalaram como sempre que tentava fazer agachamentos para reverter a flacidez dos seus glúteos. Nem sequer foi um barulho forte, mas a garça voou direto para ela, em modo de ataque. Silvia caiu para trás e, na queda, apertou o obturador enquanto a câmera apontava para cima. Em casa, ela verificaria que havia tirado uma foto borrada do céu e das nuvens, esplêndidos cirros e estratos, mas continuava sem ter prova da existência da grande garça azul.

Parte três

Tentou fotografar a grande garça azul várias vezes nos dias seguintes com os mesmos resultados: nenhum. Era como se a ave antecipasse suas intenções e zombasse dela. Precisava compartilhar o segredo daquela ave espetacular com mais alguém: uma criatura tão magnífica não podia ser propriedade apenas de seus olhos. Já em franca desesperação e sem ter prova da enorme e elusiva garça azul, Silvia falou dela para seu ex-marido, para seus filhos, para suas amigas e até para a vizinha. As reações variaram da total indiferença, passando pela incredulidade, até o olhar aborrecido que parecia perguntar em silêncio: "por que você está me contando isso se eu não tenho o menor interesse?".

A resposta mais memorável foi a do seu ex-marido. Sentados nas cadeiras de um restaurante popular, Samuel, um homem que se gabava de se guiar exclusivamente pela razão, disse-lhe que não era possível que uma garça tivesse essas dimensões. Além disso, o que uma garça gigantesca e solitária estaria fazendo no meio de terrenos semidesérticos que logo deixariam de ser pastagens para se tornarem loteamentos para classe média? O que havia lá que a garça pudesse comer? Nada. Não era possível. As garças precisavam comer peixes.

— É grandíssima, enorme — disse Silvia estendendo os braços o máximo que pôde para ser mais convincente. — Não sei por que ela vai para aqueles terrenos, Samuel, mas te juro que a vi, que a vi muitas vezes.

O senhor com quem ela havia vivido durante vinte e cinco anos lhe lançou um olhar humilhantemente familiar, que significava que se compadecia por ela estar louca.

— E pensar que cancelei uma reunião de trabalho porque você disse que precisava me ver pessoalmente — disse apressando sua xícara de café. — Achei que seria algo importante.

Ela sentiu que os sapatos apertavam seus pés e conteve a vontade de tirá-los ali debaixo da mesa.

— Não estou louca, se é isso que você está tentando dizer.

Ele se levantou, tirou uma nota da carteira, deixou-a na mesa e antes de se virar para ir embora, soltou:

— Eu não disse nada. Não ponha palavras na minha boca. — Ajustou a camisa dentro do cinto. — Embora não fosse nada demais se você marcasse uma consulta para um *check-up*.

Ela mordeu os lábios para não dar mais pano para manga e armar um barraco em público ou, pior, dar motivos para que ele acreditasse que estava certo sobre sua instabilidade mental. Contou em silêncio até dez e lembrou um a um dos defeitos de seu ex-marido. Quando abriu os olhos, ele já tinha ido embora.

Naquela mesma tarde, Silvia sentou-se em frente à janela de sua casa que dava para as áreas onde havia visto a garça e preparou-se para pintá-la. Em um de seus lapsos otimistas de agora-que-estou-aposentada-e-sem-filhos-farei-todas-as-coisas-que-sempre-quis-fazer, ela havia comprado o conjunto completo de pintora amadora que acredita em seu potencial e na arte como terapia. O impulso não durou nem um mês, assim como a aula de yoga, a de música, a leitura de anjos e marcenaria para damas, mas graças a essa inconstância agora tinha uma tela em branco e tintas a óleo para capturar a imagem da garça.

Infelizmente, a realidade se impõe e o realismo requer um talento e domínio da técnica dos quais Silvia carecia, então os poucos que viram aquele quadro não ficaram impressionados nem um pouco. Claro, aquele mal retrato também não ajudou que outros acreditassem na existência da ave. "Que bonita gaivota, mamãe, mas falta colocar o mar", foi o comentário de seu filho Polo quando enviou uma foto do quadro pelo celular. Pelo menos seu primogênito tinha se dado ao trabalho de ligar para ela e não apenas responder com uma mensagem e alguma daquelas carinhas amarelas que Silvia tanto detestava.

Sim, a ideia de pintar a garça tinha sido uma estupidez rotunda. Estava desesperada para contar a alguém: a necessidade de que acreditassem nela só aumentava. Por que os homens sempre assumem como única explicação possível que se uma mulher lhes conta algo do qual eles duvidam, então ela está louca? Tampouco podia suportar os olhares condescendentes de quem lhe dava razão como se fosse uma velha senil. Agora a enorme e elusiva garça azul já não era uma visão extraordinária apenas, algo para comentar no café com as amigas — se ainda as tivesse. A garça, pensou enquanto enxaguava os pincéis, havia se tornado um símbolo de sua própria sanidade, de sua credibilidade, de seu status de pessoa funcional. O fato de duvidarem dela invalidava sua vida. A sensação que aquilo lhe provocava era como se o mundo a tivesse lançado dentro de uma caixa demasiado pequena e hermética, sem oxigênio para respirar. O pior é que em algum lugar de seu cérebro, bem no fundo, Silvia sabia que não foi o mundo quem a empurrou: ela mesma havia se autoconfinado, metendo-se na caixa por conta própria, agachando-se e fechando a tampa sobre sua própria cabeça.

Parte quatro

Testemunhas. Os testemunhos são peças fundamentais em qualquer julgamento. Pois bem: bastaria conseguir uma ou várias pessoas que atestassem ter visto a magnífica garça azul com seus próprios olhos para que Silvia deixasse de ser tachada de louca.

Ela tentou primeiro com uma ex-colega da escola, que via de vez em quando nas horripilantes reuniões de ex-alunas, organizadas pelas que haviam sido as mais populares e agora se regozijavam com seus eventos no Clube Campestre: lá tinham a oportunidade de usar os passes para convidados que concediam às plebeias que não conseguiram prender um marido abastado. Josefina, a Pina, sempre arrumada com um penteado como colmeia de abelha, os cabelos brancos pintados e as rugas escondidas atrás de várias cirurgias e uma grossa camada de maquiagem, recusou o convite de Silvia com o mais florido leque de desculpas. Mas a teimosia de sua ex-colega de banco a fez ceder finalmente: não conseguiria se livrar dela de outra maneira e tinha muitas coisas para fazer. Sua velha amiga insistia que queria mostrar-lhe algo que soava ao mesmo tempo como extraordinário e como um segredo de Estado. Acedeu mais por aborrecimento do que por curiosidade, e isso que Pina era a mais faladeira da turma, segundo as freiras da escola.

O encontro foi muito cedo na casa de Silvia, a uma hora que para Pina significava cama e sono. Silvia tinha recomendado que usasse sapatos confortáveis, pois teriam que caminhar um pouco para ver aquela coisa tão especial. Enquanto avançavam lentamente entre as ervas e o barro, Pina ia se arrependendo mais a cada segundo que passava. Não só não lhe tinha dado tempo de se maquiar, como o sobrepeso e as varizes estavam se tornando insuportáveis, mas não tanto quanto a terra que grudava em seu cabelo, em suas roupas e, para piorar, tinha que ouvir o demencial falatório de sua ex-colega de primário sobre uma suposta garça gigante de cor azul que, claro, não aparecia em lugar nenhum. Depois de uma hora, ela anunciou que tinha que ir embora. Foi a última vez que viu ou ligou para Silvia. Havia amizades que tinham que acabar e todas encontravam seu momento. O delas duas tinha sido aquela louca expedição.

Onde estava a garça hoje que veio uma testemunha?, perguntou-se Silvia mais tarde diante de uma xícara de café meio frio. A garça estava no mesmo lugar todos os dias, sem falta. Teria emigrado? Não, faltava muito para o inverno. Ou pior, teria morrido? Não, não pode ser, isso não, pensou. Não poderia conceber a ideia de não voltar a se encontrar com a grande garça azul. Como em um jogo perverso, no dia seguinte em que saiu com sua cadela, encontrou a garça: equilibrando-se em uma pata, com o pescoço inclinado, como se a estivesse questionando. A ave tinha se escondido para deixá-la mal na frente de sua ex-amiga, agora estava certa disso. Tinha subestimado a inteligência e os recursos daquela garça caprichosa.

Tentou com outras testemunhas potenciais: um de seus filhos, o favorito, sua vizinha, dois ex-alunos, o jardineiro. Todos, sem exceção, acabaram olhando para ela com fastio e se calando para não dizer o que realmente pensavam: Silvia, a velha Silvia, tinha enlouquecido. Ela, por sua vez, chorava à noite, com um pote de creme de avelã e cacau em uma mão e a colher na outra, e se perguntava por que cada vez que alguém a acompanhava, a garça desaparecia. Se ela estivesse alucinando, teria que ver a garça o tempo todo, não importando se estava sozinha ou acompanhada, não é? Se agarrava a essa certeza diminuta que a fazia confiar em seus sentidos: a enorme e elusiva garça azul existia, mas era exatamente isso, elusiva, e escolhia manifestar-se apenas diante de Silvia. Ambas tinham uma relação especial, privada, algo assim como a de Moisés e o Deus dos judeus.

Parte cinco

A garça se tornou sua cruzada pessoal, sua *raison d'être*. Logo deixou de pensar em qualquer outra coisa que não fosse a ave. Compromissos sociais, limpeza da casa, higiene pessoal, até mesmo comer tornou-se secundário diante do enigma plumífero. Sua existência sem comprovação e a incredulidade do mundo eram palavras que se entalavam na garganta. Naquela madrugada, para Silvia era impossível conciliar o sono. Decidida, discou um número de telefone.

Quando Samuel atendeu o telefone às três da manhã e ouviu a voz de sua ex-esposa falando novamente sobre a garça gigante, resignou-se de que teria que tomar providências. Já tinham comentado isso com ele, seus filhos e alguns amigos em comum. Essa chamada incoerente, além disso, valeu-lhe mais tarde uma briga daquelas que levantam poeira e penas, pois sua namorada, dormindo ao seu lado quando Silvia ligou, não aprovava precisamente chamadas telefônicas de outras mulheres nas madrugadas.

O hospital psiquiátrico, agora chamado com algum eufemismo pós-moderno, parecia uma solução muito do início do século XIX, mas Samuel não via outra alternativa. Os pais de Silvia haviam morrido há anos. Sua única irmã estava casada com um suíço e vivia em um lugar idílico, com belíssimas paisagens rurais, e os custos das passagens aéreas como a desculpa perfeita para não ir ao México. Seus dois filhos, um recém-casado e o outro começando a trabalhar em uma empresa transnacional, não tinham o tempo nem a inclinação para o sacrifício. Embora legalmente não tivesse responsabilidade alguma, Samuel sentia uma obrigação moral de agir, sobretudo porque ninguém mais o faria e a última coisa que queria era ver sua ex-mulher se tornar uma daquelas mulheres sem-teto que andam seminuas pela rua, cobertas de sujeira, tendo conversas consigo mesmas. Não, a mãe de seus filhos merecia algo mais digno do que isso.

Foi assim que Samuel persuadiu seus filhos para que levassem sua mãe a um psiquiatra que fizesse o diagnóstico necessário para depois interná-la em uma instituição. Ela não tinha por que conhecer a especialidade do médico nem o propósito da visita, explicou. Que necessidade havia de alterá-la?

— Vamos, mãe, é um *check-up* geral. Há quanto tempo você não faz um? — disse Polo, segurando-a pelo braço para conduzi-la até o carro, de onde Julián, o mais novo, abriu a porta com a presteza de um motorista.

— Meus filhos, mas eu me sinto tão bem.

— Mas não custa nada. Nesta idade é preciso revisar tudo mesmo. É chamada de medicina preventiva por um motivo.

— Não sou um carro para que me levem para a revisão — disse, abotoando o cinto e desfrutando do receio de seus filhos pela sua saúde. Por um instante, até se sentiu querida.

Logo se integraram ao tráfego e ela se distraiu com os anúncios espetaculares e os rostos das pessoas paradas nos cantos.

— Saindo da consulta, podemos te levar ao café que você gosta — aventurou Polo. Ao ver o sorriso no rosto de sua mãe, soube que vencera a batalha.

— "Quem tem medo de Virginia Woolf?" tem o melhor bolo de amêndoas de toda a cidade —confirmou Julián.

Silvia esqueceu a garça azul enquanto sonhava com o bolo acompanhada por seus dois filhos. Sentia falta desse tipo de atenções. Começou a pensar em como às vezes se sentia sozinha. Claro, tinha a companhia de Gladiola, mas nunca seria a mesma coisa. Se resignou então à consulta com o médico em troca do que viria depois. Fechou os olhos e se concentrou em sentir o veículo em movimento, as imperfeições da rua, as mudanças de velocidade quase imperceptíveis que seu filho mais velho, bom piloto, fazia, e a música que tocava no estéreo, música que não era da sua época, mas que não a desagradava totalmente. Atrás de suas pálpebras, a figura da garça azul, com as asas estendidas, se formou com uma nitidez absoluta. Quando abriu os olhos, já tinham chegado ao consultório.

Não havia divã: apenas um homem com bata branca, óculos e cara de superioridade que a bombardeou com perguntas estranhas. Polo, sentado em um assento ao lado dela, recusou-se a lhe dar privacidade. Era como se ela fosse uma criança, e seu filho, o pai, ou como se não confiasse que ela diria a verdade ao médico. Silvia se perguntava em que momento o médico a auscultaria para ouvir seu coração, seus pulmões, e medir sua pressão arterial. O que aquelas perguntas incômodas tinham a ver com a sua saúde?

— O quê? — ela se sobressaltou ao sentir o cotovelo de Polo em seu braço, tirando-a de suas divagações.

— Conte ao doutor sobre aquela garça de que você sempre fala.

O doutor Durán, com suas unhas perfeitamente aparadas e sua barba cor de sal e pimenta, inclinou-se sobre a escrivaninha de mogno para anotar algo em um bloco de folhas amarelas.

— Silvia, me conte sobre essa garça. Seu filho comentou que só você pode vê-la, é verdade?

Ela não gostou do tom da voz do médico, condescendente, tratando-a como se falasse com uma menininha. Ou a uma louca. Assim, recusou-se a falar da garça e de qualquer outra coisa. Cruzou os braços e apertou os lábios, indignada e magoada com a emboscada. Foi Polo então quem tomou o controle da situação e contou ao psiquiatra como ela havia se tornado obcecada por uma ave inexistente. Tal como contava seu primogênito, Silvia soava como uma mulher que estava muito longe de estar em seus juízos. Mas não era assim; aquilo era muito injusto.

Depois de um tempo e de tomar notas em silêncio, o doutor Durán fez a recomendação para que Silvia se internasse voluntariamente por tempo indefinido em uma linda casa de repouso. O voluntário era um dizer, porque, na verdade, Polo assinou um documento como se tivesse poder sobre ela. E o tinha, porque Durán a havia declarado incapaz de decidir por si mesma.

Dois homens vestidos de branco entraram no consultório e a ajudaram a se levantar. Juntos, cada um de um lado, a levaram, por um corredor de pisos brilhantes. Polo e o doutor caminhavam alguns passos atrás. Silvia não ofereceu resistência. Os olhos se encheram de lágrimas. Esse bebê que a manteve por quase doze horas em trabalho de parto e lhe presenteou com a dor mais intensa que ela jamais conhecera, agora lhe dava as costas, deixando-a nas mãos de enfermeiros, carcereiros que com firmeza a conduziram para o que seria seu quarto.

— Nos ocuparemos da Petúnia, mãe, não se preocupe com ela.

Uma gastrite traiçoeira, como seus dois rebentos, se fez sentir imediatamente nas entranhas de Silvia. “Minha cachorrinha, minha companheira, o único ser a quem realmente importo”, pensou.

— Ela se chama Gladiola — disse com o tom mais glacial que conseguiu. Seu filho respondeu com um sorriso forçado e o polegar para cima, o idiota, como se estivesse no circo romano. Aquela imagem foi a última dele em muitos meses.

Em que momento o mundo de alguém se transforma apenas por ser a única pessoa que viu uma magnífica, elusiva e grandiosa garça azul? Como é que sua família decide que você está louca e que o lugar ao qual você pertence é um manicômio privado onde te alimentam com comida mole e pílulas que te mantêm sonolenta o dia todo?

Parte seis

A garça azul era a protagonista dos sonhos de Silvia; neles, a ave nunca voava quando ela se aproximava. Podia acariciá-la, tirar fotos dela, até pintá-la sentada no campo, com um cavalete à frente, como se fosse Van Gogh. Às vezes a abraçava e podia cheirá-la: essa era a melhor parte do sonho. O aroma da garça era uma combinação de mar e flores de laranjeira. Em outras ocasiões, Silvia voltava para casa com várias penas azul-metálico, belíssimas, e as colocava no cabelo como se fossem flores. O melhor era que não precisava convencer ninguém de sua existência.

De vez em quando o doutor Durán perguntava sobre seus sonhos e, invariavelmente, ela respondia que não sonhava nada, que os comprimidos lhe provocavam noites em branco. Porque embora todos sempre tivessem subestimado Silvia, como se costuma fazer com as donas de casa e com as senhoras de certa idade, ela sabia que seus sonhos eram tão óbvios que arrancariam um bocejo de Freud e prolongariam sua estadia naquela fazenda para loucos.

Suspeitava que o nível de sedação aumentava diariamente: mal conseguia manter os olhos abertos, e uma manhã se descobriu babando pelo canto dos lábios. Comentou com Julián e Polo quando foram visitá-la, mas ambos disseram que a viam bem, que provavelmente estava exagerando como sempre.

Ouvir isso a feriu na alma: a capacidade de seus filhos de destruí-la com algumas palavras não deixava de surpreendê-la. "Você lhes dá a vida e eles te pagam com pura dor e humilhações", pensou. A partir desse dia, ela se abandonou. Deixou de pensar, e até chegou a esperar seus medicamentos com docilidade. A abjeção. Já nada importava.

Sentada de costas para a janela, os olhos de Silvia olhavam para a tela da televisão que transmitia uma novela, um drama alienante com uma história previsível. Não havia diferença entre isso e embriagar-se com álcool até perder a consciência; lamentavelmente, no manicômio não havia álcool mais do que para desinfetar as feridas. A enfermeira da tarde entrou no seu quarto. Todos os funcionários da instituição usavam seus nomes bordados nos uniformes brancos, mas ela havia decidido classificar as enfermeiras pelo turno em que trabalhavam. A enfermeira da manhã era brusca, carrancuda e parecia desfrutar se pudesse humilhá-la ou causar-lhe dor de qualquer forma, de preferência com as agulhas. A enfermeira da tarde, em contraste, era doce, quase maternal, alguém que poderia ter sido sua amiga se ela não fosse uma paciente que padece de suas faculdades mentais.

— Como vai, dona Silvi? — Saudou-a apesar de que deviam ter mais ou menos a mesma idade. Não parecia importar-lhe que a paciente não a respondesse; limitou-se a fazer um comentário sobre a novela, o clima e algo sobre o lanche. Silvia se escudou em um estado catatônico, entre o real e o fingido, para não entabular nenhuma conversa. A enfermeira não tinha problema em preencher o silêncio com sua própria verborragia.

— A senhora está muito bonita hoje, dona Silvi. Vou medir a pressão — disse envolvendo seu antebraço com a faixa preta. Colocou o estetoscópio no ouvido e a outra extremidade entre a faixa e a pele de Silvia, que estremeceu com o frio do metal. Fechou os olhos enquanto a enfermeira da tarde apertava a bomba de borracha ritmicamente e a segurava por alguns segundos para depois soltá-la. — Estamos bem, só um pouquinho acima do normal. Vou comentar isso com o médico.

Ela a ouviu, a entendeu também, mas não teve vontade de deixá-la saber. Se a pressão dela aumentasse e uma veia no cérebro estourasse e ela se tornasse uma berinjela, não se importava. Notou que o rosto da outra mulher passava de apaziguado a um gesto de surpresa. Algo mais além, pela janela, havia capturado sua atenção.

— Olhe! — exclamou. — O que é isso?

Um ápice de curiosidade invadiu Silvia por um segundo: a versão anterior dela mesma havia sido uma mulher viva e curiosa; a atual tinha por cérebro um pudim de tapioca onde os pensamentos, sentimentos e reações eram passas flutuando anódinas entre a viscosidade. Virar a cabeça para ver o que a enfermeira olhava parecia-lhe um esforço que não se sentia capaz de realizar. Nem sequer quando se levantou, ela a rodeou para se aproximar entusiasmada da janela:

— Uma garça azul! Ali, no jardim! Está parada uma garça azul. É enorme. Não, não só isso: é a maior garça que já vi em toda a minha vida! — disse puxando a saia do seu uniforme branco para baixo. — E não vai acreditar, dona Silvi, ela está olhando para nós.

Blum

Um descuido cósmico

A última vez que senti essas náuseas foi quando Gervasio e eu compartilhamos um peixe que me esqueci de colocar na geladeira. Pensei que, como era inverno, não ia acontecer nada: mas, para não alongar a história, só vou dizer que aquilo terminou muito mal para nós dois. Tiveram que me colocar soro para me hidratar, em uma clínica onde, ao que parece, as enfermeiras tinham se esquecido não só de usar toucas no cabelo mas também de tratar os pacientes como seres humanos. Houve um tempo em que as pessoas respeitavam os cabelos brancos, sabe. Houve um tempo em que havia mínimas normas de convivência e educação. Houve um tempo. Já não há. São muitos os dias em que eu adoraria ter estudado taxidermia e praticar com as pessoas indesejáveis. Teria uma coleção digna de museu do horror, por um lado, e por outro, o mundo seria um lugar melhor graças à minha arte. Arrumo a franja e tento puxar conversa para me distrair do meu estômago turbulento.

— Tem seu berço no sótão, porque gosta de olhar as estrelas à noite — digo imaginando-o ali mesmo, com seu rosto inexpressivo, misterioso, olhando através da pequena janelinha redonda. Já não suporto ouvir as mandíbulas de Loretta, minha nora: o barulho de alguém mastigando com a boca aberta não ajuda muito para as náuseas. Meu filho, pelo menos, foi educado para comer com a boca fechada.

— Ai, sogra, mas a senhora pensa em cada coisa — diz esta mulher que nem minha família é, e que está metendo um punhado de castanhas de caju na boca como se não houvesse amanhã. Se ao menos terminasse de engolir um bocado antes de colocar outro. Odeio o tom condescendente da sua voz, sua atitude e o fato de que ambos vêm à minha casa para esvaziar minha despensa como gafanhotos e não têm a decência nem de levantar um prato. — Certeza que a senhora já tomou seus remédios hoje?

O insulto, a grosseria na minha própria casa. Agora não só tenho vontade de vomitar, como a gastrite se agravou e seu efeito de ardência percorre minhas entranhas. Não devo dar poder a essa ave de rapina. Respiro fundo e dirijo meu olhar para a janela: esta vista sempre consegue me acalmar. Adoro viver nos arredores da cidade, com um jardim de cactos na frente e uma horta de árvores frutíferas atrás. Mas desta vez nem observar as suculentas, as flores coloridas, nem o bebedouro para beija-flores consegue me dar paz. Minha nora me contempla com sua cara de sapo, desafiadora, como se esperasse uma resposta à sua pergunta idiota sobre meus medicamentos.

— Sabia que essas castanhas em espanhol ibérico são chamadas de *anacardos*? — digo para não dignificar seu último comentário.

Loretta me dirige um olhar condescendente: estou certa de que nunca odiei tanto suas orelhas de antena parabólica e seu mastigar de burro.

— Ah! E nos Estados Unidos são chamados de *cashews* — declara com uma pronúncia exagerada e eu tenho que desviar o olhar para evitar ver sua boca cheia de troços em pleno processo de mastigação.

Se eu pudesse, cravaria meus dedos nos olhos dela com toda a minha artrite, até estourá-los. Não me importaria que minhas mãos ficassem manchadas de vermelho gelatinoso: valeria a pena se com isso parassem de me olhar com compaixão e desprezo ao mesmo tempo, como se ser velha fosse sinônimo de estar senil ou louca. Meu filho, que é um covardão — vamos dizer as coisas como são —, sairia correndo antes de ajudar sua esposa. Me lembrei de uma das minhas amigas do tricô, ou do grupo do rosário?, bem, não importa: ela diz que a esta idade é melhor já não falar nada, porque qualquer coisa que dissermos será usada contra nós quando quiserem nos colocar em um asilo público para que apodreçamos lá. Mas não vou me calar e menos ainda na minha propriedade: não fiz isso quando era jovem e não farei agora quando sou velha.

— Eu coloquei o nome de Ripley, por causa do filme *Alien*.

Silêncio.

Nada, ninguém.

Vejo meu filho trocar um olhar com sua mulher, como que confirmando minha senilidade, e depois agir como se eu não tivesse dito nada. Sou tão insignificante que já nem valho uma discussão, um pequeno duelo de ideias. Me pergunto para que se dão ao trabalho de vir me visitar. Para que eu não me esqueça de incluí-los no meu testamento? Começo a sentir que o sangue ferve em minhas veias, e isso me faz sentir viva, por um lado, mas com vontade de causar o maior dano possível a outra pessoa. Imagino Ripley lá em cima no mezanino, dentro do seu berço, esperando por mim. A forma dos seus olhos puxados, negros e enormes, e seu nariz inexistente, apenas duas perfurações acima da linha que é sua boca. Sua pele entre cinza e marrom, talvez por falta de sol, e aquele corpo frágil que se aconchega entre meus braços com naturalidade. Desde que ele chegou, já não estou sozinha. Ele sabe o que estou sentindo agora. Sabe tudo sobre mim.

Levo a xícara de chá de hortelã aos lábios e inspiro o aroma para não me asfixiar. Toda a sala se envenenou com o cheiro do perfume da minha nora. Não é que seja desagradável, só que parece que ela resolveu usar meio frasco só hoje e, de uns tempos para cá, meu corpo reage negativamente a tudo que tenha a ver com ela. Justo hoje resolveu se tornar intolerável. Fecho os olhos e posso sentir Ripley habitar minha mente, como sempre acontece quando nos separamos. Não é que ele me sussurre: eu posso ouvi-lo, de verdade, como se ele estivesse aqui, sua voz dentro de mim. Ele nunca fala comigo como fazemos os humanos. Afinal, sua boca não serve para falar, mas para que não resulte muito estranho para mim. Quando estamos na mesma sala ele costuma me olhar nos olhos e mover sua boquinha de linha quando me transmite seus pensamentos. É possível chamar isso de telepatia? Agora mesmo, Ripley me faz uma oferta bastante radical e definitiva, e eu a aceito. Só que me arrependo imediatamente. Apesar de a minha nora ser detestável, eu não poderia fazer algo assim com meu filho. Arruinaria a vida dele e não sei se ele conseguiria viver sozinho depois disso. Ele é um ser inútil em nível *hard*, mas a última coisa de que preciso é que ele volte a morar na minha casa. Eu não aguentaria. Então negocio mentalmente um pouco com Ripley, explico minhas razões, e embora ele não esteja totalmente convencido, e me chame de boba, acaba concordando.

Enquanto mastiga como uma vaca, Loretta verifica o esmalte das unhas como se algo tivesse mudado desde que fez o mesmo há cinco minutos. Dá um gole no seu refrigerante e de onde estou posso ver seus bigodes tingidos de laranja artificial. Também a ouço pedir ao meu filho que a leve ao concerto de X. Eu queria muito poder dizer que quando essa mulher pronuncia a palavra concerto, está falando de música clássica, porém, infelizmente, a analfabeta funcional usa a mesma palavra para se referir à congregação massiva de seres humanos em um estádio para ouvir qualquer coisa: seja um cantor de *rancheras*, um grupo pop, seja aquela aberração da natureza chamada Bad Bunny. O que quer que esteja anunciado na programação, ela quer ver. Na sua simplicidade intelectual, precisa comparecer a qualquer evento massivo que lhe dê a possibilidade de subir fotos às suas redes sociais para receber comentários de aprovação e a inveja das suas amigas, tão superficiais e estúpidas quanto ela. Coloco minha xícara sobre a mesinha e limpo meus lábios com o guardanapo. Sei demais sobre a vida moderna em geral e sobre minha nora em particular, e nenhum dos dois fatos me orgulha.

Então vem a jogada de Ripley. Uma das castanhas se entala na garganta da nora. Ninguém poderia suspeitar de premeditação, considerando que está comendo tais *nuts* a punhados como uma louca troglodita. Essas coisas acontecem, não é? Começa a tossir, os lábios ficam roxos, os olhos saltados, enquanto ela bate asas como uma galinha descontrolada até que meu filho, com todo o seu sobrepeso, se levanta do sofá para fazer a manobra de Heimlich. Confesso que estaria encantada de ficar só olhando, mas me veio uma vontade súbita de vomitar que me fez correr até o banheiro de visitas, com a má sorte de que, ao abrir a porta, meu corpo me trai. O conteúdo do meu estômago se projeta sobre todas as superfícies possíveis. O que mais me pesa é ver as capas para a tampa do vaso sanitário, a toalhinha da pia e o tapete que combinam manchados de uma cor indefinível. Estou suja e, enquanto engulo saliva e provo meu próprio vômito, sinto-me humilhada e fraca. Apoio-me na parede e considero seriamente se isso é uma espécie de castigo divino. *Karma,* dizem.

Quando saio do banheiro, após recuperar a compostura e limpar o máximo possível com papel higiênico, descubro que minhas visitas já se foram. Abençoado seja Nosso Senhor: pelo menos algo positivo saiu disso. Sobre a mesinha de centro da sala, ao lado da tigela quase vazia das castanhas, vejo que tenho uma mensagem no meu celular. Meu filho me avisa que levou sua esposa ao hospital porque, embora tenha conseguido desalojar a castanha que ficou presa, quebrou uma costela no processo. Nem uma única pergunta sobre como eu me sinto, é claro. Assim é a vida, não deveria me surpreender: dar à luz filhos é como criar corvos; um dia te arrancam os olhos, crescem, vão embora, e se esquecem de você, depois de você ter sacrificado toda a sua vida pelos pequenos tiranos.

Levo os pratos para a cozinha e, quando estou prestes a lavá-los, decido que será melhor fazê-lo depois. Um cansaço estranho sobe pelas minhas pernas; acho que preciso tirar uma soneca fora de hora, algo que não faço há anos. Coloco croquetes e sobras de comida para Gervasio, que se materializa através da porta em miniatura instalada na parte inferior da porta para o jardim. Cada vez está mais gordo esse guaxinim, penso quando o vejo pegar a comida com suas patinhas. Ele tem mais graça do que minha nora para comer, reflito, e subo pelas escadas em espiral que vão até o sótão.

Tomo meu tempo para vencer cada degrau. Minhas pernas de repente ficaram mais pesadas. Finalmente cheguei. Ripley me olha com seus olhos incríveis e quando me aproximo do berço, envolve sua mão fina ao redor do meu indicador. Só tem três dedos, como uma pata de galinha. Estranho e perfeito à sua maneira. Eu tenho artrite e Ripley não tem nenhum problema com isso. Nós nos aceitamos como somos. Ao contemplá-lo, pergunto-me se não sente falta dos seus. Não consigo parar de pensar nele — ou nela — como uma criança pequena, uma criatura que precisa que eu cuide dela, mas na verdade não sei muito sobre sua espécie. Não sei se existe uma divisão dos sexos como nós temos e, nesse caso, a qual pertence Ripley. Talvez seja um adulto, até mesmo um idoso como eu, e fazemo-nos companhia como velhas comadres. Tampouco sei se está aqui porque os seus o abandonaram e, se assim foi, se foi um castigo ou um simples descuido cósmico. Ou talvez tenha sido decisão dele vir à Terra, e então surge a pergunta: está fugindo de algo, está de férias ou embarcou em uma missão solitária de exploração? Queria ser um eremita e acabou sendo o mascote de uma idosa solitária? É um pioneiro que vem coletar dados antes da grande invasão? Tenho tantas perguntas e Ripley está ciente das minhas dúvidas, mas por alguma razão escolheu não me explicar, e eu tento respeitar isso. Por alguma razão será, penso. No fundo, eu ressentia a falta de confiança dele em mim, que lhe abri as portas da minha casa e do meu coração, mas se algo aprendi com tantos anos é que cada um tem seus segredos. Talvez seu mistério seja por algo que o faz se sentir envergonhado.

— Ripley, acho que vou me deitar um pouco, mas você quer que eu prepare algo para o jantar? — pergunto por mera educação ou talvez pela inércia de tantos anos de maternidade. Não há nada que eu possa oferecer que lhe apeteça. Queria saber do que se sustenta esse corpinho famélico como de arame e coberto apenas por pele. Algo deve comer, me consolo, porque depois de quase seis meses, continua aqui comigo.

Meio ano. Que barbaridade absoluta é a passagem do tempo! Ainda me lembro de quando Gervasio começou a agir de maneira muito estranha. Quando já estava no ponto de chamar o veterinário, pois temia que tivesse raiva, o guaxinim conseguiu chamar minha atenção puxando minha saia para me levar até uma trepadeira na horta. Ali, escondido entre os caules em espiral e os chuchus mais tenros, de espinhos suaves, estava Ripley. Parecia miserável, provavelmente aterrorizado diante da minha presença. A gente acredita que quando se encontrar em uma situação tão inusitada e incrível como descobrir um extraterrestre aninhado entre suas cucurbitáceas, saberá reagir como se deve, atuar naturalmente, mas nada te prepara para isso. Não há uma forma certa ou errada de fazer as coisas. Poderia ter desmaiado, poderia ter me convencido de que era um efeito colateral do meu novo medicamento, poderia ter me ajoelhado para rezar por um sinal divino — por que uma sarça ardente é um sinal superior a um pequeno ser do espaço? —, ou poderia ter feito o que realmente fiz: falar com ele com ternura, como se fosse um cachorrinho com medo. Acerquei minha mão para que me cheirasse com aquelas duas perfurações que tem por nariz. Quando fiz isso, sem querer, toquei-o bem superficialmente. Ripley se moveu um pouco para trás. Mas depois de um tempo, viu que eu não ia fazer-lhe mal e deixou-me fazer. Então percorri sua enorme cabeça com meu dedo, desci pelo seu corpo até seus pés, e depois fiz "boop" naquele lugar onde deveria estar o nariz. Não riu, porque não tenho certeza de que seja capaz de rir como os humanos entendem, mas disse: "está bem". Foi a primeira vez que ele entrou na minha mente. Assim, com sua permissão, dediquei-me a percebê-lo: sua pele fria e suave, seu cheiro de cogumelos com erva-de-santa-maria e terra molhada, a profundidade de seus olhos com pupilas que não permitem outra cor.

Não me lembro de ter adormecido, mas acordo quatro horas depois encolhida sobre o tapete do mezanino, com Gervasio de conchinha aconchegado contra mim. Ripley está a alguns metros, imóvel, hibernando... ou cuidando de mim, não sei. Acho que já me sinto um pouco melhor, mas assim que me levanto, as náuseas me fazem correr outra vez para o banheiro. E quase de maneira instantânea, a fome me faz voltar à cozinha e assaltar a geladeira como se estivesse há dias sem comer. Ripley me faz uma pergunta telepática e estranha: quer saber o nome de um escritor medíocre e superestimado. Bem, na verdade não é tão estranho que ele faça esse tipo de perguntas. São períodos de curiosidade que se dão de repente; é só que há muito tempo não lhe ocorria um. Já me perguntou sobre os nomes das minhas plantas favoritas, sobre as histórias que minha avó me contava, um poema, um inseto ou o preparo da sopa de ervilhas.

— Paulo Coelho — respondo sem pensar muito. Ripley não pergunta mais. Coloco no canal das novelas na tevê e me sento para comer em frente à tela até sentir que meu estômago vai explodir. Embora me invada outra vez a vontade de dormir, sei que devo lutar contra o impulso porque, do contrário, não conseguirei pregar o olho a noite toda. Já me conheço.

No final e contra a minha vontade, acabo adormecendo novamente. Ao abrir os olhos, vejo na televisão um infomercial que insiste em vender umas facas que podem cortar qualquer material neste planeta. Penso nas orelhas da minha nora e tento afastar os maus pensamentos imediatamente, como a freira que nos ensinava no catecismo. Dirijo-me lentamente até a cozinha e sirvo-me um copo de leite. Coloco seis biscoitos em um pratinho sem poder evitar. Tanto dormir e tanto comer não é normal em mim, que sou uma mulher de horários e moderação em todos os sentidos. Entro no meu quarto e vejo Gervasio cochilando aos pés da minha cama. Tomar um banho antes de dormir é a minha ideia de encerrar bem o dia, mas não consigo terminar de me ensaboar porque a água caindo sobre os meus seios se torna insuportável: não é a temperatura, mas as gotas tocando meu corpo. Estou aterrorizada e penso que tenho um câncer de pele em seu estágio final. Acho que seria um bom momento para que Ripley me tranquilizasse dizendo que não está acontecendo nada, mas ele está mais retraído do que o habitual. Além disso, ele faz contato quando quer, não quando eu preciso. Pelo menos assim ficou estabelecido após vários meses de convivência. Sozinha, como se não tivesse tido um filho, ou acolhido um extraterrestre ingrato, tomo uns comprimidos para a dor, visto meu pijama e vou para a cama.

✷

Normalmente, a primeira coisa que faço de manhã é preparar café e lavar a louça. Sou um animal de hábitos. Depois faço o café da manhã e leio o jornal, mas hoje tive que alterar minha rotina. Agora minha segunda ação é pedir um táxi para me levar à clínica mais próxima. Aqui teremos que aceitar que estou me tornando intrépida com a idade. Em vez de ligar para o já velho médico da família que me atendeu durante anos, mas que cada ano está mais cobiçado e limita seus horários de consulta, vou à deriva sem saber quem vai me atender. Queria esperar um dia mais, na esperança de que passasse o mal-estar, mas quando não posso reter nada, nem mesmo meu apreciado café matutino, sei que é hora de tomar uma decisão. Tenho um mau pressentimento, como se Ripley tivesse deixado lixo da última vez que entrou na minha mente, algo assim como a poeira debaixo da cama.

A clínica cheira a limpador de pisos e álcool. Assim que chego, me atendem: não sei se é porque estou muito mal ou porque não há mais ninguém na sala de espera. A médica de plantão, uma jovenzinha que poderia ser minha neta, me bombardeia com perguntas enquanto verifica minha pressão arterial, o pulso, escuta meus pulmões e me tortura com uma lanterna para examinar meus ouvidos, olhos e garganta. Eu tento lembrar se é a mesma que me atendeu quando passei mal por causa do peixe, mas já não posso confiar na minha memória. E para ela, claro, eu sou uma idosa genérica de quem se esquecerá assim que sair daqui. A garota conclui que estou desidratada e ordena a um enfermeiro gordinho, e que se identifica visivelmente com a comunidade arco-íris, que me coloquem soro. Quando ela se vira para ir embora, começo a recitar meus sintomas para a doutora, segurando-a suavemente pelo braço. Ela se detém para me olhar com interesse, morde de forma insinuante sua caneta com o logotipo de um laboratório, e ri.

— Senhora, o que me enumera são sintomas de gravidez. — Ela se aproxima a mim, cúmplice, e toca minha mão. — Não me diga que ainda anda fazendo travessuras por aí.

Pediria a Ripley que desse uma boa lição nessa novata que banca a engraçadinha, se ele não estivesse incomunicável desde ontem. Estou prestes a responder algo à pirralha quando lembro que não deixei comida para Gervasio. Sou invadida automaticamente por um sentimento obscuro de culpa e prefiro me manter em silêncio.

Por sua vez, a doutorinha, para me agradar e me extorquir dinheiro, ordena uma série de exames laboratoriais de sangue e o enfermeiro finge anotá-los em um caderno. Os dois prometem voltar mais tarde para ver como tudo está. Deixam-me sozinha na maca, um pouco indignada e cheia de angústia ao mesmo tempo. Fecho os olhos e os abro de repente, um jogo que praticava quando era pequena: sempre há algo novo depois de fechar e abrir os olhos. Localizo uma aranha no teto e uma camada de poeira sobre a janela. Não é que eu tenha visão de águia, mas sim que a primeira é enorme e a segunda mais grossa que as lentes dos meus óculos. Viro a cabeça e vejo um jornal que está sobre uma mesinha metálica ao meu lado. Eu o pego para procurar o crucigrama e estremeço ao ver a primeira página:

> O escritor brasileiro internacionalmente famoso morre em circunstância trágica e bizarra. Paulo Coelho, autor de *O Alquimista* entre outros *bestsellers*, chegou ao hospital já sem sinais vitais, depois de uma vaca suíça cair sobre ele enquanto o mestre caminhava às margens do lago de Genebra. Devido ao seu enorme sucesso e em honra aos seus milhões de leitores, foram feitos esforços extraordinários, e além do dever, para reanimá-lo; no entanto, as feridas causadas pelo bovino voador foram irreversíveis. Autoridades suíças continuam investigando o misterioso incidente da vaca que caiu do céu e privou o universo das letras de um de seus maiores expoentes.

Acho que minha mandíbula ficou aberta durante o tempo que levei para ler a nota, e não apenas pela obscena exageração no final. Corrijo-me imediatamente, porque isso não é um exagero: é uma mentira feita e direita, claro. Mas não deixa de me surpreender a coincidência da notícia com a pergunta estranha que Ripley me fez ontem. Estará experimentando novos poderes à distância? Ou é algo que ele faz o tempo todo e só desta vez consegui associá-lo a ele? Algo frio percorre minha coluna vertebral e descubro que é medo. Pela primeira vez em todo este tempo considero que não fiz bem em adotar Ripley. Tão pequenininho, tão magro, tão perdido entre os campos de chuchu... Eu o aceitei em minha casa com carinho assim como fiz com Gervasio na época. É possível que eu mesma corra perigo, penso e percebo a ameaça de que o sono me vença novamente.

E o faz. O que para mim foi um piscar de olhos, na verdade foram várias horas, porque quando abro meus olhos, os ponteiros do relógio de parede se moveram muito. Agora a doutora e o enfermeiro estão um de cada lado da maca, e me olham com uma expressão que oscila entre o terror e o espanto.

— Senhora, primeiro pensamos que era um erro e tivemos que repetir o exame. — O jovem afeminado interrompe apertando uma folha de papel entre as mãos. — Mas ambos os exames deram o mesmo resultado.

Eu, que sempre esperei morrer de câncer ou qualquer outra doença incurável, fecho os olhos, exalo e espero a má notícia. E justo ali, naquele segundo, Ripley, que até então estava desaparecido, me diz: "Parabéns, meu amor".

— Não podemos explicar agora. — Toma a palavra a doutora, prestes a gaguejar, revelando sua nula experiência. — Acreditamos que se deve ao fato de que sua menopausa não chegou de maneira completa ou se reverteu de alguma forma... É muito raro, nunca tinha ouvido falar de algo assim, mas na medicina sempre há casos estranhos.

Agora sou eu que arregalo os olhos. Levanto-me da maca e o jornal cai no chão. O enfermeiro me estende a folha de papel que segurava alguns segundos antes. Eu ajeito os óculos e aliso o documento amassado sobre a minha perna antes de ler: resultado POSITIVO. Ali, em letras minúsculas, diz também que os níveis do hormônio beta HCG indicam duas semanas de gravidez.

Minha reação deve ser como a da adolescente que acreditava que isso não poderia acontecer com ela. Fazia muito tempo que não chorava. E claro que não é de felicidade. Sou como Sara, a da Bíblia, milagrosamente infeliz.

Bluem

Agradecimentos

Obrigada a Hilario Peña por ter lido pacientemente o manuscrito, fazer críticas e me dar conselhos, todos muito úteis. Obrigada a minha mãe, Tere Blum, e a Ramón Mier, querido amigo, pelo apoio incondicional em todos os aspectos da minha vida. Obrigada a Luis Eduardo, meu filho, por me trazer café e Twizzlers o ano inteiro: meu combustível para escrever. Obrigada a Canela Casiopea, Fauda Bureka e Senhor Piquito, por me fazerem exercitar e darem paz mental, além de tanto amor. Obrigada aos meus alunos deste último ano que me lembraram do entusiasmo inato da criação e que me mantiveram afiada para os detalhes. Obrigada aos meus leitores que me animam o coração me dizendo o quanto esperam por mais um livro novo. De verdade, lhes agradeço tanto.

L.B.

9 Asa à cobra
31 Uma Lady Macbeth qualquer
47 A avó não tem quem a visite
73 A semana de Nínive
95 Passarinha
123 Não gosto desse seu tom
147 *Ardea herodias*
167 Um descuido cósmico
181 Agradecimentos

Este livro foi composto em Le Monde Livre no papel Pólen Natural para a Editora Moinhos enquanto Clara Nunes cantava *Tristeza Pé no Chão*. Era novembro de 2025.

*

No Brasil, uma das ações mais letais comandadas pelo Governo e pela Polícia do Rio de Janeiro assombrava o país.